검은별

허담 新무협 판타지 소설

FANTASTIC ORIENTAL HEROES

검은 별 6

허담 新무협 판타지 소설

초판 1쇄 찍은 날 § 2015년 2월 11일
초판 1쇄 펴낸 날 § 2015년 2월 17일

지은이 § 허담
펴낸이 § 서경석

편집부장 § 권태완
편집책임 § 박가연

펴낸곳 § 도서출판 청어람
등록번호 § 제387-1999-000006호
등록일자 § 1999. 5. 31
어람번호 § 제2-2570호

주소 § 경기도 부천시 원미구 부일로 483번길 40 서경B/D 3F (우) 420-822
전화 § 032-656-4452 팩스 § 032-656-4453
http://www.chungeoram.com
E-mail § chungeorambook@daum.net

ISBN 979-11-04-90116-4 04810
ISBN 979-11-316-9247-9 (세트)

黑曜

검은 별

6

목양의 싸움

허담 新무협 판타지 소설

FANTASTIC ORIENTAL HEROES

청어람
도서출판

제1장

혈화

  눈 덮인 고개를 십여 명의 사람이 나는 듯이 넘었다. 천지를 덮은 눈도 그들의 걸음을 방해하지 못했다. 무공을 수련한 자들이다.

  후웅!

  고개 위에 올라서자 땅을 가르며 지나가는 강이 눈에 들어왔다. 천하는 눈에 덮여 있지만 강은 여전히 유유히 흐른다.

  매서운 강풍은 아직 북쪽에서 내려오지 않았다. 결빙이 되려면 조금 더 시간이 필요할 때다. 새해가 되려면 아직 두어 달은 있어야 한다.

  "이른 겨울에 폭설이라. 내년에는 풍년이 들까?"

  노인이 설원을 가로지르는 강을 보며 중얼거렸다.

"그럴 듯합니다."

노인을 호위하는 중년 사내가 대답했다.

"음… 그전에 일이 끝나면 좋겠는데. 무림에 싸움이 나면 농사꾼들도 괴로운 법이지."

"마천과의 싸움이 그리 쉽게 끝나겠습니까?"

"끝나지야 않겠지. 하지만 천하의 정세를 결정할 수는 있지 않을까 한다."

노인이 말했다.

"어떻게 말입니까?"

"목양의 싸움을 승리해야겠어."

"예?"

중년 사내가 놀란 표정으로 되물었다.

"상황이 바뀌었으니 계획도 바꿔야지. 제룡가주가 죽은 이상 목양에서의 전략도 바뀌어야 한다."

"그러나… 새로운 가주가 섰으면 그를 내세우면 되지 않습니까?"

중년 사내의 말에 노인이 시선을 돌렸다. 하얀 설원에 노인의 얼굴이 묘하게 번들거렸다. 그런데 노인의 눈에 노기가 서려 있다.

"목염, 정신을 어디다 두고 다니는 거냐?"

"예?"

중년 사내가 갑작스런 노인의 꾸중에 놀라 노인을 바라본다.

"누가 가주가 되든 그 애송이들이 죽은 척담산을 대신할 수 있다고 생각하는 거냐? 그 애송이들이 구파의 다른 자들을 누르고 맹주 노릇을 할 수 있다는 거냐?"

"그… 그것은!"

"겨우 제룡가 하나 건사하면 다행일 것이다. 그런 자들은 수족으로 쓸지언정 맹의 맹주로 내세울 수 없어."

"하지만… 스승께서 뒤를 보아주신다면 가능한 일 아닙니까?"

"그렇게 한다면 구파 수장들의 시선이 누구에게 머물겠느냐?"

"그야……."

중년 사내가 더 이상 말을 잇지 못한다. 그러자 노인이 혀를 차며 말했다.

"대업을 이루는 일은 결코 쉬운 일이 아니야. 지금도 구파의 수장들이 날 견제하고 있다. 내가 굳이 척담산을 맹주로 내세우려 했던 것은 그들의 견제를 분산시키기 위한 것이었다."

"제 생각이 짧았습니다."

중년 사내가 머리를 조아린다.

"목염!"

"예, 스승님!"

"너에 대한 나의 기대를 알고 있을 것이다."

"항상, 항상 가슴에 새기고 있습니다."

"제발 만사에 신중히 생각하거라. 네 사제들은 만만한 녀석들이 아니야."

"……."

"내가 널 총애한다고 해서 후계자로 네가 결정된 것은 아니나. 그 자리는 네 스스로 얻어야 해."

"하지만 스승님… 전……."

중년 사내가 말꼬리를 흐린다.

"자신 없느냐?"

"…솔직히 그렇습니다. 사제들의 재주는 모두 저보다 뛰어나지요. 도저히 그 아이들을 감당할 자신이 없습니다."

"음… 그럴 수도 있지."

노인이 고개를 끄떡였다.

"솔직히 전 아직도 이해가 가지 않습니다."

"뭐가 말이냐?"

노인이 물었다.

"스승님께서 왜 절 제자로 받아들이셨는지 말입니다. 스승님은 세상에서 가장 뛰어난 분이신데 저와 같은 둔재를 제자로 거둔 것은 모두가 이해하지 못하는 일이지요."

"아니다. 넌 충분히 내 제자가 될 자격이 있다."

"왜 그렇게 생각하신 겁니까?"

"불가에 대우(大愚)가 대각(大覺)한다는 말이 있다. 성품의 진중함을 말하는 것이지. 우직함 속에 숨어 있는 치열한 끈기가 타고난 재능을 뛰어넘는다는 말도 된다. 난 네게서 그걸 보았다."

"스, 스승님!"

사내가 감격한 표정으로 노인을 본다. 그러자 다시 입을 열었다.

"어찌 생각하느냐? 십 년 전 네가 오늘날 천왕권을 육성까지 수련할 거라고 생각했었느냐?"

"당연히 생각지 못했지요. 지금도 전 그저 꿈만 같습니다. 모두 스승님 덕분이지요."

사내가 머리를 조아린다.

"좋아. 그럼 다른 아이들의 무공은 어찌 보느냐? 무공으로도 자신이 없느냐?"

"무공이라면……."

사내가 말꼬리를 흐린다. 자신 있는 표정이다.

"그것 보거라. 애초에 널 아는 모든 사람이 너는 무공으로 대성할 수 없다고 했다. 그러나 지금은 누구보다 강한 무공을 가지고 있다. 그리고 그 성취는 단지 나의 도움 때문만은 아니다."

"……."

"내가 가르친 것은 너만이 아니다. 그런데 성취는 네가 가장 뛰어나지. 그 이유는 네가 꾀를 내지 않고 나의 가르침 그대로 무던하게 수련했기 때문이다. 그것이 바로 너의 장점이고 내가 널 제자로 들인 이유다."

"사부님의 뜻은 알겠습니다. 하지만……."

"하지만 내 뒤를 이어 세상일을 맡아보기에는 지략이 부족하다?"

"그렇습니다."

사내가 고개를 끄떡였다.

"지략이 부족하면 시략 있는 자를 곁에 두면 되는 것이야. 다행히 넌 사람의 마음을 얻을 수 있는 성품이니 내 그걸 기대한 거지."

"위험한 일이 아닙니까?"

"지략 있는 자를 곁에 두는 것 말이냐?"

"예."

"배신이 두렵다는 말이지? 음… 확실히 두려운 일이지. 그래서 지금부터는 네게 사람을 쓰는 법을 가르치려 한다. 이 또한 천왕권과 마찬가지로 십여 년간 꾸준히 배우면 그땐 누구보다 더 뛰어난 용인술을 얻게 될 것이다."

"그게… 가능하겠습니까?"

중년 사내가 자신 없는 말투로 물었다.

"날 믿느냐?"

"물론입니다, 스승님!"

"좋아. 그럼 날 믿고 너 자신을 내게 맡겨보거라. 십 년 후 넌… 나보다도 더 뛰어난 우두머리가 되어 있을 거야."

"어찌 감히 제가……."

"넌 내가 가지지 못한 것을 가졌지. 사람의 마음을 얻는 성품, 난 그것이 부족해서 이렇게 독한 사람이 되었구나."

"스승님……."

"아무튼 좋다. 내 후대를 걱정하는 것은 십 년 후의 일이다. 그러니 넌 그저 배움에 정진할 뿐이다. 알겠느냐?"

"명심하겠습니다, 스승님!"

사내가 감격한 표정으로 고개를 숙인다. 그러자 노인이 냉정한 표정으로 말했다.

"그렇다고 네가 나의 후계자로 정해진 것은 아니다. 내 기대에 미치지 못하면 다른 아이를 선택할 수밖에 없다."

"그야 당연한 일입니다."

"특히… 막내는…….."

"중광 그 친구 말입니까?"

"그래."

"다른 사제들과 경쟁이 될까요? 입문이 늦은데…….."

"그래서 무서운 녀석이 될 거란 거다. 너와 비슷한 아이야. 단지 다른 것이 있다면… 녀석이 좀 더 독하다는 거지. 내가 보기에 나의 후대를 이을 사람은 너 아니면 그 아이다."

"아!"

중년 사내가 나직하게 탄식을 흘렸다. 생각지도 못한 일인 듯싶었다.

"말했지만 난 절대 제자를 함부로 들이지 않는다. 그 아이를… 잘 살펴보거라. 배우는 것이 있을 것이다."

"알겠습니다, 스승님!"

중년 사내가 대답했다. 그러자 노인이 말했다.

"목양의 싸움으로 천하의 정세를 돌리려면 완벽한 승리가 필요하다. 그 이후에는 마천을 사냥하게 되겠지. 그러자면 지금처럼 강호인들이 마천과 구천맹이 대등한 싸움을 하고 있다고 생각해선 안 된다."

"그렇겠지요."

중년 사내가 묵묵히 고개를 끄떡였다.

"마천을 사냥감으로 전락시키면 그땐 유령문을 상대할 여력이 생길 것이다. 물론 사냥감이 된 마천과 유령문은 나 오죽노에게 천하무림을 가져다주겠지. 난 사냥을 하면서 천하를 얻을 테니까. 그런 면에서 보자면 고마운 존재들이라고나 할까."

노인이 고개를 들어 눈 덮인 천하를 바라봤다.

"이 세상이… 내 발아래 무릎을 꿇을 것이다. 나 오죽노의 발아래… 그리고 무성들의 유산 아래!"

노인, 오죽노가 허리를 굽혀 한 움큼 눈을 집어 들었다. 그러고는 가볍게 허공에 눈을 풀어놓자 눈가루들이 강바람을 받아 사방으로 흩어졌다. 그러자 오죽노가 다시 중얼거렸다.

"아름답지 않은가. 내 세상이!"

*   *   *

"도와주시겠소?"

초조한 기색이 역력하다.

궁비영이 주남의 두어 걸음 뒤에서 눈살을 찌푸렸다. 다시

만난 척벽은 생각보다 볼품없었다. 어린 시절 보았던 그라고
생각하기 힘들 만큼 궁벽해 보였다.

'권력에서 밀려난 자들은 본래 다 이 모양인가?'

권력은 마약과 같다더니 그 말이 틀리지 않은 모양이다. 척
벽의 모습은 마약의 기운이 끊긴 중독자와 비슷했다.

"위험한 일입니다."

차분하게 대답했다.

"루주의 도움이 있다면 가능한 일일 것이오."

"그러나……."

주남이 망설인다.

"도와주신다면 북산의 상권을! 산서의 상권을 주겠소. 연후
에는 구천맹과 천하의 상권을……."

"음……."

주남이 나직하게 침음성을 흘린다. 어떤 장사치라도 동요하
지 않을 수 없는 제안이다. 그러나 말로 한 약속은 믿지 않는
것이 또한 장사치다.

"어찌 약조를 해주실 수 있겠습니까?"

"내 맹약의 증서를 써드리리다."

"그야 종이 쪼가리일 뿐인데……."

"지금으로썬 그것이 내가 할 수 있는 최선이오. 내 친필과
수결이 되어 있는 문서라면… 그래도 믿을 만하지 않겠소? 나
중에라도… 내가 약속을 어기면 그 문서를 천하에 공개하면
되지 않겠소?"

척벽의 말에 주남이 잠시 생각에 잠겼다가 고개를 끄떡인다.

"그렇군요. 그리되면 삼 공자님도 무척 곤란해지실 테니까요."

"아마 문서가 공개되면 난 강호에 다시 나서지 못할 것이오. 누구도 날 상대하지 않으려 할 테니 말이오. 형을 죽인 패륜에, 약속을 어긴 신뢰할 수 없는 인간이니 말이오."

"알겠습니다. 그럼… 한번 모험을 해보지요."

"좋소이다. 그럼 내 계획을 들어보시구려. 일단……."

척벽이 목소리를 낮췄다. 몇 걸음 떨어져 있는 궁비영의 귀에조차 제대로 들리지 않는 목소리였다.

"어찌할 생각이시오?"

궁비영보다 먼저 귀보전이 주남에게 물었다. 척벽의 제안을 수락한 주남의 행동이 위험해 보이는 모양이었다.

"그건 이놈에게 물어보시지요. 아마 벌써 결정했을 겁니다."

주남이 궁비영을 가리켰다. 그러자 귀보전이 궁비영에게 물었다.

"이미 그의 제안을 수락하기로 결정하셨던 겁니까?"

"수락하지 않았다면 그곳에서 이렇게 쉽게 걸어 나오지 못했겠지요."

궁비영이 대답했다.

"하긴 그렇군요. 거부했다면 우릴 죽이려고 했겠지요."

"그러니 일단 수락하는 편이 좋지요."

"일단이라시면……?"

"곧 그가 사람을 보내지 않겠습니까?"

"그라면……? 역시 척황 말인가요?"

"그렇지요. 이미 우리가 척벽을 만난 것을 모두 알고 있을 겁니다. 분명 척벽과 무슨 이야기를 들었느냐고 추궁하겠지요."

"어찌 대하실 요량이십니까?"

걱정보다는 호기심이 동하는 모습의 귀보전이다. 하긴 척황의 위협 따위는 유령문 동왕에게 그리 걱정될 일이 아니다.

"척벽은 그저 자신이 제룡가를 떠나 칩거할 장원이나 하나 알아봐 달라는 부탁을 했다고 대답하길 원할 것이고, 척황은 척벽이 꾸민 계획을 털어놓길 원하겠지요."

"하면 어쩌실 생각이십니까?"

"뭐… 두 형제의 싸움을 보는 것이 나쁜 일은 아니지요."

궁비영이 대답했다.

"북산이 스스로 무너지는 것을 볼지도 모르겠군. 음… 나에겐 좋은 일이 아니야."

주남이 말했다. 제룡가가 무너지면 삼우향도 장사를 제대로 하지 못할 것이다.

"걱정 말거라. 쇠락이야 하겠지만 몰락이 그리 쉬운 가문도 아니지… 아마 얼마간은 충분히 버틸 거야. 결국 나중에는 모든 사람이 떠나고 가주가 검을 놓고 농사를 지어야 할 때가 오겠지만……."

"네 녀석은 잔인한 면이 있어."

"내가 하는 일이 아니야. 그들 스스로 하는 일이지."

궁비영이 차갑게 대답했다.

제룡가 삼대 권력자 중 한 명인 지금당주 표유매가 주남을 찾아온 것은 바로 그날 밤이었다.

그는 두 명의 호위무사만 데리고 주남을 찾아왔는데 변복을 하고 나와 그의 모습을 제대로 알아볼 사람이 없었다.

궁비영과 귀보전은 주남의 장원에 머물고 있었다. 이미 주남의 호위무사로 위장한 상태니 다시 객잔으로 돌아가는 것이 더 위험한 일이었다.

"그가 왔군."

정문을 지키는 경비무사에게 전갈을 받은 주남이 궁비영을 보며 씩 웃는다.

"이렇게 성미가 급했었나?"

"뭐… 예전과는 다르겠지. 제룡가가 위험한 상태니."

"어떤 선물을 들고 왔는지 들어보자고."

궁비영이 말했다. 그러자 주남이 궁비영을 보며 농을 했다.

"내 목이 떨어지게 놔두지는 않을 거지?"

"네 세 치 혀로 해결할 수 있지 않을까?"

"그렇기는 하지만 우리 쪽 힘도 조금은 보여줘야 거래가 잘 될 텐데?"

"이 거래로 갖고 싶은 게 뭐야?"

"넌 원하는 게 없냐?"

"나야 뭐……."

"난 하나 있지."

"원하는 게 뭔데?"

궁비영이 궁금한 표정으로 물었다. 그러자 주남이 빙긋 웃으며 말했다.

"그건… 두고 보면 알아."

경비무사의 안내를 받아 주남의 처소에 이른 표유매의 표정은 밝지 않았다. 아니, 불쾌한 기색이 역력했다. 대제룡가의 지금당주인 자신을 직접 마중하지 않은 주남의 행동이 그를 화나게 만들었던 것이다.

"어서 오십시오."

주남이 정중하게 포권을 해 보였다. 그러자 표유매가 짐짓 미소를 지으며 말했다.

"이렇게 시간을 내어주니 고맙소."

말 중에 불만이 섞인 인사다. 북산에서 자랐고, 북산에 터를 잡고 장사를 하려는 자가 감히 제룡가의 지금당주를 이런 식으로 대할 수 있느냐는 의미가 포함된 말이었다.

그러나 주남은 표유매의 내심을 모른 척하며 자리를 권했다.

"자, 편히 앉으시지요."

주남의 무심한 반응에 오히려 표유매가 머쓱한 표정으로 의

자에 자리를 잡고 앉았다. 그러면서 표유매가 주남의 뒤쪽, 어두운 곳에 서 있는 궁비영과 귀보전을 흘깃 살폈다.

그리고 한순간 그의 얼굴에 긴장한 기색이 엿보였다. 그도 그릴 깃이 궁비영과 귀보전이 은은히 자신들의 기도를 흘렸기 때문이었다.

비록 제룡가의 재정을 담당하는 지금당의 당주라고 해도 제룡가는 무가다. 당주쯤 되는 자는 무슨 일을 하든 그 무공이 범상치 않은 법이라 궁비영 등의 기도를 금세 알아차린 것이다.

"뒤에 계시는 분들은……?"

표유매가 궁비영 등에 대한 호기심을 드러낸다. 그러자 주남이 말했다.

"아, 제가 상행을 다닐 때 도움을 받는 분들입니다. 불편하시다면 물러나 계시라 할까요?"

"아, 아니오."

표유매가 고개를 저었다. 그로서는 궁비영과 귀보전에 대해 좀 더 알아보고 싶은 모양이었다.

"그런데 이렇게 야심한 시간에 절 찾아오신 이유가……?"

주남이 물었다.

"음… 내가 찾아온 이유를 짐작 못하시오?"

표유매가 정색을 한 표정으로 물었다.

"글쎄요. 저로서는……."

"그렇다면 말해주리다. 내 솔직히 루주에게 한 가지 충고를 하려 왔소."

"경청하지요."

"오늘 낮에 삼 공자를 만났다고 들었소."

"그렇습니다."

주남이 숨길 게 없다는 듯 대답했다.

"무슨 이야기를 나누셨소?"

"그걸 물어보러 오셨습니까? 하하, 그런 거라면 삼 공자께 직접 물어보셔도 되는 것을… 삼 공자께서 작은 장원을 하나 알아봐 달라고 하시더군요."

"장원?"

표유매가 날카롭게 주남을 살피며 되물었다.

"그렇습니다. 본래 권력 쟁탈전에서 진 왕자는 목숨을 부지하는 것이 우선이라면서 대공자께서 가주 자리에 오르시면 바로 제룡가를 떠나 한적한 곳에 은거하고 싶다고 하셨습니다. 뭐… 사실 나름대로 현명하신 결정이시지요."

"정밀 그리 말했소?"

표유매가 취조하듯 물었다.

"무슨 다른 이야기가 있었을 거라 생각하셨습니까?"

주남이 빙그레 웃으며 되물었다. 그러자 표유매가 한참 동안 주남을 바라보다 한숨을 쉬며 말했다.

"휴우… 과연 어릴 때의 그대가 아니군."

"벌써 서른을 바라보고 있지요."

"후후, 그래도 아직은 젊은 나이네."

갑자기 표유매의 말투가 변했다. 예전 아랫사람을 대하는 듯한 모습이다. 하지만 주남은 그의 말투가 변한 것에 관심을 보이지 않았다.

"그런가요? 그 말을 들으니 힘이 솟는군요. 요즘 사실… 소금 시쳐 있었습니다. 나이답지 않게."

주남이 의미심장한 표정으로 말했다. 그러자 표유매가 지체하지 않고 말했다.

"돌려 말하지 않겠네. 삼 공자가 어떤 제안을 했는가? 거사를 도모하는 대가로 말이야."

"거사라니 무슨 말씀을……?"

"부인할 생각 말게. 내가 이곳에 아무 이유 없이 왔을 거라 생각하는가? 공자들은 몰라도 우리 삼당의 당주들은 그리 허술한 사람이 아닐세. 삼 공자의 처소에도 우리 사람이 있어!"

"그렇군요. 그런데 이상하군요. 말씀대로라면 이미 모든 것을 알고 있으실 텐데 왜 제게 다시 그 일을 묻는 겁니까?"

주남이 심드렁하게 되물었다. 그러자 급박하게 주남을 몰아대던 표유매의 입이 막혔다.

사실 그대로다. 모든 것을 알고 있는 자라면 질문이 무슨 필요가 있겠는가. 목을 베면 그뿐이다.

한마디 말로 표유매의 말을 막아버린 주남이 빙그레 미소를 지으며 다시 입을 열었다.

"자, 이제 그런 쓸데없는 이야기는 그만하시고… 거래를 해보지요. 제게 주실 수 있는 것이 무엇입니까?"

대담한 질문이다. 앞서 표유매가 추궁한 말을 모두 인정하는 것처럼 들릴 수도 있는 질문이기 때문이다.

"그 말은… 짐작하는 일이 있었다는 말이군!"

표유매가 서늘한 기운을 흘리며 말했다.

"당주님의 말씀 여하에 따라 제가 삼 공자와 주고받은 이야기의 내용도 달라질 겁니다."

"독한 장사치로다!"

표유매가 한탄을 했다. 실제 삼 공자 척벽이 반역을 계획했든 아니든 상관없이 이득에 따라서는 그를 반역자로 만들 수도 있다는 말이기 때문이었다.

"장사치는 이득이 없는 곳엔 발걸음을 하지 않습니다. 애초에 제가 삼 공자의 부름을 받고 그곳에 갔을 때는 오늘 이렇게 대공자님의 사람을 만날 것을 확신했기 때문이지요. 저로서는 이러나저러나 손해날 일 없는 일이었지요."

"이놈! 한낱 장사치 주제에 감히……!"

표유매가 노기를 참지 못하고 욕설을 해댔다. 그러나 주남은 표정은 조금도 변하지 않았다.

"실망이군요. 대북산 제룡가의 지금당주께서 이렇게 쉽게 흥분하셔서야……."

"죽고 싶으냐?"

확실히 표유매는 무가의 사람이다. 비록 재물을 다루는 사람이지만 그의 근본이 무인임은 변하지 않았다.

강호에서 무가는 항상 상가 위에 선다. 평시에는 재물의 힘이 무가의 일에 적지 않게 영향력을 미쳐 마치 상가가 무가 위에 선 것처럼 보일 때도 있지만, 결정적인 순간 무인은 칼로서 모든 문제를 해결하기 때문이었다.

그런 의미에서 무림은 야만의 세계다. 표유매가 그 야만의 일면을 드러냈다.

"죽고 싶은 사람은 세상에 없지요."

표유매의 협박에도 주남은 여전히 태연하다. 그런 주남을 보며 표유매가 차가운 살소를 흘린다.

"지금부터 세 번 대답할 기회를 주마. 그 안에 제대로 된 대답이 나오지 않는다면 네 목을 베겠다. 설마하니… 네 뒤에 이는 뜨내기 낭인 무사 따위가 널 지켜줄 거란 바보 같은 믿음은 갖지 말거라. 난 제룡가의 지금당주다!"

강렬한 살기와 태산 같은 자부심이 담긴 음성이다. 그러나 그의 말을 들은 주남은 여전히 호수처럼 고요하다.

"일단 질문을 받아볼까요?"

"좋아. 네 목숨을 시험해 보겠다!"

스르릉!

표유매가 검을 뽑아 그와 주남 사이의 탁자에 올려놓았다. 시퍼런 검광이 촛불에 반사되어 이슬처럼 부서져 내렸다. 한눈에 보아도 명검이다.

"첫 번째 질문을 하겠다. 삼 공자와 반역을 모의했느냐?"

"아까운 질문을 하나 소비하는군요. 이미 알고 계신 일을 묻다니. 뭐, 대충 그렇습니다."

주남이 이젠 부인하지 않고 대답했다.

"이놈······! 두 번째 질문을 하겠다. 넌 그 일에 동조했느냐?"

"아니면 제가 살아서 이곳에 앉아 있겠습니까? 거부하는 순간 삼 공자의 검에 제 목이 떨어졌겠지요."

"버러지 같은 놈이로다! 처음부터 삼 공자를 배신할 마음을 품고 있었군? 아무튼 좋아. 이제 세 번째 질문을 하마. 이제 대공자께 충성을 다하겠느냐? 너의 머리와 너의 생명과 너의 재물을 모두 바쳐서 말이다. 그래야 그 벌레 같은 목숨 붙어 있을 게다."

표유매가 살기를 뿜어내며 말했다. 그러나 여전히 주남의 얼굴에는 미소가 드리워져 있다. 그리 겁을 먹은 것 같지도 않다.

"어떤 욕을 하셔도 상관없습니다만··· 절 얻기 위해선 거래를 하셔야 합니다. 협박이 아니라. 자! 다시 묻지요. 제게 줄 수 있는 게 뭡니까?"

한순간 주남의 표정이 변했다. 그의 얼굴에서 웃음기가 사라졌다. 대신 표유매의 동공을 뚫어버릴 듯한 차갑고 냉정한 눈빛이 흘러나왔다. 그 시선을 대하는 순간 표유매가 지신도 모르게 흠칫한다.

그러나 다음 순간 표유매의 분노가 폭발했다. 자신을 위협하는 듯한 주남의 행동을 용서할 수 없었던 것이다.

"먼저 버릇을 고쳐야겠군!"

표유매 탁자 위의 검을 잡아 그대로 주남의 팔을 베려 했다. 그런데 그 순간 표유매가 전혀 예상치 못한 일이 일어났다.

탁!

"웃!"

검을 집어 들려던 표유매의 입에서 당황한 음성이 흘러나왔다. 주남의 팔을 베고 있어야 할 자신의 검이 여전히 탁자에 붙어 움직이시 않았던 것이다.

아니, 검이 탁자에 붙은 것이 아니라 다른 물건이 검을 내리누르고 있었다.

"장사치의 방에서 칼부림은 안 될 말이지요. 오직 재물만이 말을 하는 곳이 장사치의 방입니다."

주남의 냉정한 목소리가 들린다. 그러나 표유매의 귀에는 주남의 말이 들리지 않았다. 대신 그는 자신의 검을 내리누르고 있는 또 다른 검의 주인을 찾았다.

"다음번엔 손목을 베겠소."

검의 주인이 말했다. 동왕 귀보전이다.

"네놈은… 네놈은 누구냐?"

삭!

표유매의 말이 채 끝나기도 전에 동왕 귀보전의 다른 손이 움직였다. 그러자 어느새 그의 손에 들린 작은 단검이 표유매의 목덜미 근처에 흘러내린 머리카락을 베고 지나갔다.

"주루를 위협하면 손목을 잃겠지만, 날 모욕하면 목숨을 잃는다."

동왕 귀보전의 목소리가 사자(死者)의 그것처럼 차갑다. 문득 표유매의 얼굴에 두려움이 깃들었다.

그런데 그때였다. 너무도 갑작스런 일에 잠시 당황하던 표유매의 호위무사들이 노성을 터뜨리며 귀보전을 공격했다.

"이놈! 감히 어느 분께!"

두 자루의 검이 좌우에서 귀보전의 머리와 허리를 파고들었다. 매섭기가 서릿발 같은 공격이다. 그런데 그 순간 귀보전을 공격하는 제룡가 무사들 앞에 검은 그림자가 솟구쳤다.

그러고는 미세한 타격음이 일어났다.

퍼펙!

"욱!"

"큭!"

거의 동시에 제룡가의 무사들이 비틀거리며 뒤로 물러났다. 그들은 각기 자신의 가슴을 부여잡고 있었는데, 얼굴은 고통으로 일그러져 있고 시선은 자신들을 물러나게 만든 사람을 믿을 수 없다는 눈으로 바라보고 있었다.

"그대들도 마찬가지. 다시 한 번 경거망동하면 다음번엔 심장에 구멍을 내주지."

궁비영이 비틀거리는 제룡가의 무사들을 보며 말했다. 그런 그의 손에는 검조차 들리지 않았다. 지력으로 두 무사를 물리친 것인데, 그가 시전한 것은 목불 살자이에게 전수받은 천강지였다.

"너… 너희들은… 대체?"

믿었던 호위무사들마저 한순간에 패퇴하자 표유매가 떨리는 목소리로 궁비영과 귀보전, 그리고 주남을 번갈아 보며 물었다.

"자자, 그만 병기를 거둡시다. 거래는 말로 하는 것이지 검으로 하는 것이 아닙니다."

주남이 손을 저으며 말하자 귀보전이 검을 거두고 뒤로 물러났다. 그러자 궁비영 역시 귀보전을 따라 다시 어둠의 그늘 속으로 물러났다.

"당주님, 이제 제대로 거래를 해보실까요?"

주남이 기대가 크다는 듯 두 손을 비비며 물었다. 그러자 표유매가 물었다.

"정체가 뭐냐?"

"무슨 말이십니까?"

"내가 비록 재물을 다루며 살지만 그래도 북산 제룡가의 당주다. 너희들의 무공은… 결코 상가에 고용될 무사의 무공이 아니야. 말하라. 정체가 뭐냐?"

"거래하실 생각이 없다면 그만 돌아가시지요."

주남이 차갑게 말했다.

"내가 이대로 돌아간다면 너희들이 무사할 성싶으냐? 오늘 밤 당장 제룡가의 고수들을 동원해 이 장원을 쓸어버릴 터인데……?"

"후후, 그대로 있을 우리는 아니지요."

"감히 제룡가에 대항할 수 있단 소리냐?"

표유매가 가소로운 표정으로 말했다.

"그럴 리가 있습니까? 불가능한 일이지요."

주남이 대답했다.

"그럼에도 날 순순히 돌려보내겠다?"

"당주께서 돌아가시는 순간 우리도 이 장원을 떠날 것입니다. 그리고… 다시 얼굴을 볼 때는 제룡가의 가주가 바뀌어 있겠지요?"

"네놈……!"

삼 공자 척벽을 등에 업고 제룡가를 뒤엎겠다는 협박이다. 그리고 그때가 되면 서로의 위치가 바뀌어 있을 것이다. 지금 당주의 자리에 자신이 아닌 주남이 앉는다고 해서 이상할 것도 없지 않은가.

"둘 중 하나를 선택할 수 있습니다. 거래를 하든 조용히 돌아가 새로운 운명을 맞이하든!"

어느새 주남이 표유매를 몰아붙이고 있었다. 표유매의 얼굴이 벌겋게 달아올랐다. 그의 눈이 갈등으로 흔들렸다. 그러다가 결심을 한 듯 입을 열었다.

"한 가지만 묻겠다."

"말씀하시지요."

"이들은 누구냐?"

표유매가 손을 들어 궁비영과 귀보전을 가리켰다.

"그게 중요합니까?"

"물론! 가장 중요한 문제지. 상인은 몰라도 외부의 고수를 끌어들이는 일은 신중할 수밖에 없는 일이니까. 아무리 일이 급해도……."

"음… 제가 고용한 사람들이라고 하지 않았습니까?"

"결코 금자로 움직일 솜씨들이 아니다."

표유매가 고개를 저었다. 그러자 주남이 잠시 고민을 하는 척하다가 어쩔 수 없다는 듯 입을 열었다.

"혹 당주께선 장산문이라는 문파를 아십니까?"

"장… 산문? 장산……! 아! 장산문!"

표유매가 화들짝 놀라 궁비영과 귀보전을 바라본다.

"이분들은 장산문의 후예이십니다."

"하지만 장산문은……."

"맞습니다. 삼십 년 전에 멸문을 했지요. 그러고 보니 제가 태어나기도 전이군요."

주남이 어깨를 으쓱거린다.

"장산문의 후예가 살아 있었다는 건가?"

"한 가문의 뿌리가 뽑히는 일은 그리 쉬운 일이 아니지요."

"정말 장산문이라면… 이해할 수 있지."

표유매가 자신도 모르게 고개를 끄떡였다.

장산문은 삼십여 년 전까지만 해도 강호에 제법 이름이 알려진 문파였다.

하북성 장산이란 곳에 터를 잡아 장산문이라고 불렸는데, 소수의 인원으로 문파가 유지되는 폐쇄적인 문파였다.

그러나 숫자는 적지만 그 문도들의 무공이 하나같이 특출 나서 감히 명문의 대파들도 함부로 대하지 못했던 문파였다.

그 장산문이 아무런 원인도 모른 채 하루아침에 재만 남기고 사라진 사건은 아직도 강호의 불가사의로 남아 있었다.

"이제 거래하실 생각이 있으신지요?"

주남이 물었다. 그러자 표유매가 주남의 말에 대답은 않고 궁비영 등에게 물었다.

"장산문의 사람이라면 함부로 다른 무가의 내분에 관여하면 안 된다는 사실을 잘 알고 계실 터인데……?"

왜 북산 제룡가의 일에 끼어들었느냐는 추궁이다. 그러자 귀보전이 말했다.

"우린 제룡가의 일에 관여한 적 없소."

"삼 공자를 만나 반역을 논의하지 않았소?"

"그 일을 한 것은 루주이지 우리가 아니오."

"…그 말은 그대들과 삼우향의 루주는 주종의 관계가 아니란 말이오?"

"감히… 장산문의 사람을 수하로 둘 수 있는 사람이 강호에 있다고 생각하시오?"

귀보전이 차갑게 물었다. 그러자 표유매가 얼른 고개를 저으며 말했다.

"미안하오. 내가 실수를 했소. 그럼… 그대들과 루주와의 관계는 무엇이오?"

"이미 말하지 않았소? 루주가 우리를 고용했다고."

"장산문이 겨우 금자에 움직인단 말이오?"

"겨우 금자라… 터전이 사라졌으니 다시 일으키려면 당연히 금자가 필요한 법이오. 더군다나 한 가문을 다시 일으킬 금자라면……. 무가라도 재물에서 자유로운 것은 아니지 않소?

만약 그렇다면 제룡가에도 지금당이 필요 없겠지."

바로 표유매 자신이 제룡가를 위해 재물을 모으는 일을 하지 않느냐는 의미다.

"음… 그렇긴 하구려. 하면 앞으로도 제룡가의 일에 관여치 않겠소?"

"우린 단지 루주의 안위만 지킬 뿐이오."

"제룡가에서 루주를 베려 한다면?"

"대가를 받았으니 우린 우리 일을 할 거요. 그리고… 부디 그런 일이 없기를 바라오."

귀보전의 차가운 경고에 표유매가 아미를 모은다. 그러다가 문득 엉뚱한 질문을 던졌다.

"장산문은 왜 강호에서 사라진 것이오?"

"그대에게 그 일을 설명해야 할 이유가 있소?"

귀보전이 차갑게 응대했다. 그러자 표유매가 얼른 고개를 젓는다.

"아니오. 내가 실수를 했소. 하도 뜻밖의 분들을 만나다 보니……."

표유매가 가볍게 고개를 숙여 보인다. 그러자 주남이 기다렸다는 듯이 다시 물었다.

"이젠 거래를 하시겠습니까?"

주남의 말에 표유매가 뜨악한 표정으로 주남을 보며 말했다.

"말해보게. 도대체 제룡가의 내분에서 자네가 얻고자 하는 것이 뭔지?"

그러자 주남이 기다렸다는 듯이 대답했다.

"간단한 일이지요. 제룡가가 안정되면 북산에서 소요되는 포목의 공급은 제가 하게 해주시면 됩니다."

"겨우 그것인가?"

목숨을 건 거래치고는 너무 가볍다는 듯 표유매가 물었다.

"하나 더 있기는 합니다."

"뭔가?"

"뭐 대단한 것은 아닙니다. 허물어져 가는 장원 하나를 제게 주시면 됩니다."

"장원? 무슨 장원 말인가?"

"예전 외가 중 하나였던 궁가의 장원이 지금 비어 있는 것으로 알고 있습니다만……."

"궁가의 장원? 음… 비어 있기는 한데. 그 장원은 무엇하려고?"

"죽은 궁가의 두 부자는 제게 특별한 사람들이었지요."

주남의 말에 표유매가 고개를 끄떡인다.

"비영이란 아이와 자네가 죽마고우라는 것은 알고 있네."

"궁가가 몰락한 것이야 어쩔 수 없다 해도 친구 된 도리로 그 장원이나마 지켜주려 합니다."

"음… 그야 어려운 일이 아니지."

"이것으로 제 조건은 끝입니다. 거래가 되겠습니까?"

"정말 이 정도로 만족하나?"

표유매가 의심스런 표정으로 물었다. 그러자 주남이 되물었다.

"제 조건이 정말 약소하다 생각하십니까?"

"장원은 말할 것도 없고 포목의 공급권이라면… 물론 보통의 상사치늘에게는 큰 거래지만 내가 알고 있는 자네의 재력이라면 욕심낼 이권이 아닌데……."

"제룡가에 포목을 들이다 보면… 언젠가는 구천맹의 포목도 거래하게 되겠지요."

주남의 말에 표유매가 놀란 표정을 짓는다.

"자네… 설마?"

"맞습니다. 제룡가를 시작으로 구천맹과 거래를 트는 것이지요. 아시다시피 언제나 장사는 시작이 중요한 법인지라. 아마 제룡가에도 이득이 될 것입니다."

"자네 이제 보니 보통 배포가 아니군. 구천맹에 연을 대는 상가들이 어떤 자들인지 알고 있겠지?"

표유매가 경고하듯 말했다.

"충분히 알고 있습니다. 재물이라면 사람 목숨도 파리 목숨 취급하는 자들이지요. 그래서 제가 장산문의 대협들께 도움을 청한 것 아니겠습니까?"

"음… 이제 보니 주도면밀하게 준비를 해왔군. 장산문의 후예분들이라면야. 알겠네. 내 대공자께 말해보겠네."

"시간이 없음을 잘 생각해 주십시오. 저야 어느 쪽이든 거래만 트면 상관없으니 말입니다."

"알겠네. 바로 답을 주지."

표유매가 급히 자리를 털고 일어났다.

"사람들의 눈이 있으니 배웅치 않겠습니다. 사실 마중을 나가지 않은 것 역시 그 때문이었으니 오해 마시길!"

주남이 자리에서 일어나며 말했다. 그러자 자신을 마중 나오지 않은 것에 화를 냈던 일을 떠올린 표유매가 겸연쩍은 표정을 지으며 말했다.

"오해는 무슨, 그 사정을 내가 왜 모르겠나. 그럼 다시 보세."

표유매가 서둘러 주남의 처소를 벗어났다. 그러자 주남이 궁비영을 보며 말했다.

"그는 거래에 응할까?"

"이미 승낙한 것 같은데? 그런데 갑자기 장원은 왜?"

"내 선물이야. 그나저나… 장산문의 후예이신 것이 큰 도움이 되었습니다."

주남이 귀보진을 보며 말했다.

"그러게 말이오. 나도 비참한 과거가 도움이 될 줄은 몰랐구려."

귀보전이 우울한 표정으로 대답했다.

제2장
골육상쟁

"장산문이 멸망한 이유는 하나요. 바로 탐욕 때문이라오."

귀보전이 창문을 통해 제룡가를 바라보며 말했다. 궁비영과 주남, 그리고 귀보전은 한곳에서 머물며 이런저런 이야기로 시간을 보내고 있었다.

하룻밤이 지났으니 대공자 척황에게서 연락이 올 시간이다. 약간의 흥분이 장내를 지배할 때, 세 사람은 기다림으로 지루해진 시간을 장산문에 대한 이야기로 채우고 있었다.

별로 말하고 싶지 않은 듯하던 귀보전도 어느새 자신의 이야기에 스스로 빠져들고 있었다.

"재물이 관련되었다는 겁니까?"

주남이 의아한 표정으로 물었다. 장산문이라는 곳과 재물은 어울리지 않기 때문이었다.

"재물이 아니라 권력이오. 사실 멸문할 당시 장산문은 사상 최고의 전성기를 누리고 있었소. 문도 수가 일백에 육박하고 있었소이다."

"장산문이라면 많은 숫자군요."

일당천의 고수로만 문파를 유지하는 장산문이다. 그 숫자가 일백이라면 결코 적은 숫자가 아니다.

"본래 장산문은 장산에 뿌리를 두고 있지만 문도들은 천하 각지에 흩어져 있었소. 아예 다른 지방에 가정을 꾸린 사람도 여럿 있었소이다. 장산문이 세상에 제대로 알려지지 않은 것은 강호사에 관여치 않은 이유도 있지만, 사실대로 말하자면 세력이 흩어져 있어 강호사에 관여할 상황도 아니었던 것이오."

"오직 무공의 전승으로만 인연이 이어졌다는 말이군요."

주남이 말했다.

"맞소. 해서 힘을 한데 모으기가 거의 불가능한 상황이었소. 그런데… 문도 중 일부가 그런 문파의 상황을 불만스럽게 생각하기 시작했소. 힘이 있는데 왜 군림하지 않는가. 당연한 불만이었소이다."

"강호행을 바랐군요."

"그렇소. 하지만 그들의 바람은 이뤄지기 힘들었소. 왜냐하면 문주와 다섯 분의 장로께서 장산문의 전통을 이어가려 하셨기 때문이오. 그리고 그것이 결국 파국의 단초가 되었소."

"반란이 일어났군요."

충분히 예상할 수 있는 일이다.

"그렇소. 혹, 혈사단이라고 기억하시오?"

"혈사단!"

주남이 놀란 표정을 한다. 궁비영의 눈빛도 반짝였다.

혈사단이라면 십오 년 전까지만 해도 강호에서 가장 무서운 살수 집단이었다. 그들의 움직임이 너무도 은밀해서 그 누구도 그들의 실체를 발견하지 못한 집단이기도 했다.

정사양도를 가리지 않고 많은 사람을 죽였고, 가끔은 이유 없는 살행도 서슴지 않았던 살수단이다.

그런 그들이 십오 년 전 소리 소문 없이 사라졌다. 사람들은 당시 막 강호에 출도하기 시작한 마천이 그들을 흡수했다고도 했고, 또 어떤 은거 기인이 그들을 멸절시켰다는 이야기도 돌았다.

그러나 그 누구도 혈사단이 강호에서 사라진 이유를 알지 못했다.

"반역자들은 혈사단을 끌어들였소."

"늑대를 끌어들였군요."

"맞소. 그 일로 결국 장산문은 멸망했소. 장산에서 세상에 알려지지 않은 놀라운 싸움이 있었소. 문주님을 포함한 문내의 주요 어른들은 독에 중독되어 제대로 무공을 쓸 수 없는 상황에서도 역도들과 장산에 온 혈사단의 살수들을 모조리 죽여 버렸소. 그러나… 결국 중독된 독을 이기지 못하고 당신들도 유명을 달리했소."

"아……."

주남이 나직한 탄식을 흘린다,

"그런데 문제는 그 이후였소. 그대로 일이 끝났다면 장산문은 어려움은 겪어도 멸문하지는 않았을 거요. 그런데 혈사단이란 곳은 그리 녹록하지 않더이다."

"그들이 다시 공격을 했군요."

"맞소. 혈사단 본진이 움직였소. 그들은… 복수라는 미명하에 장산문도라면 어린애까지도 모두 찾아 죽이기 시작했소. 장산문의 일에 먼저 관여한 것은 자신들이었음에도 말이오. 참으로 참혹한 시절이었소."

"잔인한 자들……!"

주남이 분노로 손을 꽉 움켜쥐었다.

"당시 나 역시 죽을 위기에 처했었는데 다행히 전대 유령문 령주님의 눈에 들어 구원을 받았소. 이후 난 유령문의 유령사가 되었고, 이젠 온전히 유령문의 사람이 된 것이오."

귀보전의 인생 역시 녹록치는 않았다. 피와 죽음으로 점철된 어린 시절을 보냈던 것이다. 어쩌면 그 어두운 기억이 자연스럽게 그를 유령문으로 인도했을 수도 있었다.

"그럼 십오 년 전 혈사단이 사라진 것과 장산문의 멸문이 관계가 있습니까?"

문득 궁비영이 물었다. 그러자 귀보전이 고개를 끄떡였다.

"사실 당시 유령문에 든 장산문의 사람은 나 혼자만이 아니었습니다. 모두 여덟 명이 유령문에 들었지요. 그때 우린 령주께 한 가지 약속을 받아냈습니다. 우리의 힘이 혈사단을 상대할 시기가 되면 과거의 혈채를 받아내겠다고 말이지요. 그 이후에는 장산문을 잊고 온전히 유령문의 사람으로 살아가겠다는 맹세를 함께했지요."

"그럼… 혈사단이 강호에서 사라진 것은……?"

"맞습니다. 유령문의 힘이었지요. 사실 유령문이 아니라면 혈사단을 상대할 문파는 강호에 존재하지 않을 겁니다. 마천이든 구천맹이든 혈사단의 꼬리도 잡지 못하는 상황이었으니까요."

동왕 귀보전에게서 강한 자부심이 느껴진다.

"장산문의 후인들만으로 한 일입니까? 아니면?"

궁비영이 물었다. 그러자 귀보전이 잠시 망설이다가 입을 열었다.

"사실 그 일은… 유령문의 주도로 이뤄진 일이긴 하지만 마천의 고수들도 관여를 한 일입니다. 혈사단에 대한 적의는 정사가 따로 없는 일이라 마천의 마두들을 움직이기도 수월했지요."

귀보전의 말에 궁비영이 고개를 끄떡인다.

"하긴 당시만 해도 유령문과 마천의 관계가 나쁘지 않았겠군요."

"그렇습니다. 유령문이 마천과 등을 돌린 것은 그 이후의 일이지요. 아무튼 유령문에서 그 일을 주도한 것은 우리 여덟 명의 장산문 후인이었지요. 마천이라는 거대한 그물을 이용해 혈사단을 드러나게 하고 그들을 제거한 것은 우리 여덟 사람이었습니다."

귀보선의 말에 주남이 고개를 갸웃하며 물었다.

"아무리 그래도 여덟 명이 혈사단 모두를 상대했다는 것은……?"

"한 번에 상대한 것이 아니기에 가능했던 일이오. 우린 장장 일 년 동안 혈사단을 추살했소. 마천의 그물에 가두고 유령사들의 눈으로 감시했으니 그들의 움직임을 파악하는 것은 어렵지 않았소. 우린 한 명 한 명 그들을 추살해 나갔소. 위기가 닥치면 뿔뿔이 흩어져 숨는 그들의 특성을 공략한 것이오."

귀보전의 말에 주남이 고개를 끄덕였다. 혈사단의 꼬리를 잡지 못한 이유가 바로 철저하게 점조직으로 움직이는 그들의 특성 때문이었다.

그런데 그런 장점이 장산문 후예들의 공격에는 약점이 되었던 것이다. 물론 이는 유령사들의 눈이 있었기에 가능한 공격이었다.

"모두… 죽었나요?"

주남이 조심스레 물었다. 그러자 귀보전이 고개를 끄떡였다.

"우리가 할 수 있는 한 모두 죽었소. 최후에는 혈사단의 비밀스런 본거지인 장성 넘어 대막의 한 녹지까지 찾아갔었소. 그 싸움에서… 우리 여덟 형제 중 다섯이 죽었소."

"아……!"

예상치 못했던 일이다. 복수행을 위해 희생된 장산문 후예들이 있었던 것이다.

"그 일로… 난 령주께 크게 꾸지람을 들었소. 사람을 모아 천천히 공격했다면 피해가 없었을 텐데 내가 서둘렀기에 형제들이 상한 것이기 때문이오. 하지만 난… 그들이 본거지를 떠나 다른 곳으로 흩어지는 것을 두고 볼 수는 없었소. 물론 그런 결정은 형제들의 동의하에 이뤄진 일이고 말이오."

"그렇겠지요. 그들이 흩어지고 나면 다시 그런 기회를 잡기는 어려웠을 테니까요."

"아무튼 그렇게 복수는 끝났소. 그리고 약속대로 살아남은 우리 세 사람은 장산문을 잊었소. 완전한 유령문의 사람이 된 것이오. 그런데… 어제 다시 장산문의 후예가 되었구려."

귀보전이 씁쓸한 표정을 지으며 말했다. 긴 이야기가 끝나자 다시 침묵이 이어졌다. 그러다가 문득 주남이 궁비영에게 물었다.

"넌 어쩔 생각이냐?"

"무슨 말이야?"

"어디까지 갈 생각이냐고?"

"……?"

"중광 녀석 말이다."

주남의 물음에 궁비영이 시선을 돌린다. 알 수 없는 일이다. 중광 부자에 대해서는 언제나 힘겨운 궁비영이다.

"말했잖아."

처음 만났을 때 이미 그 이야기를 나눈 두 사람이다.

"…후회할 일은 하지 마."

주남이 말했다.

"그건 녀석에게 달렸지."

"후우……! 어려운 일이다."

주남이 고개를 젓는다. 그런데 그때 문득 문밖에서 사람의 소리가 들렸다.

"루주, 사람이 왔습니다."

"들여보내게."

주남이 자리에서 일어서며 말했다. 그러자 문이 열리고 허름한 차림의 중년 사내가 안으로 들어왔다.

"지금당주께서 이 서신을 전하라 하셨습니다."

사내의 옷차림은 허름하지만 눈빛은 형형하다. 필시 지금당주 표유매의 곁에 은밀히 머무는 고수가 분명했다.

주남이 대답 없이 사내에게서 서신을 건네받았다. 그러고는 그 자리에서 서신을 펼쳤다.

가(可)!

오직 한 자의 글자가 종이에 쓰여 있다. 그러나 그것으로 모든 것을 결정하는 한 글자이기도 했다.

"눈을 걱정하지 않아도 되오?"

서신을 확인한 주남이 사내에게 물었다.

"전 그저 제룡가에서 허드렛일을 하는 사람일 뿐입니다."

걱정 말라는 말이다. 그러자 주남이 기다렸다는 듯이 말했다.

"당주께 말을 전해주시오."

"말씀하십시오."

사내가 서신을 받아 들며 대답했다.

"오늘 밤 자시에 사람이 갈 것이오."

"어찌 맞을까요?"

사내가 되물었다. 비밀스럽게 방문을 하는 사람이라면 역시 비밀스럽게 맞아야 한다.

"그저 기다리시기만 하면 된다 전하시오."

"하지만… 제룡가에는 만인의 눈이 있소."

"알고 있소. 그러나 걱정 마시구려."

주남이 다시 말했다. 사내는 여전히 미심쩍은 표정이다. 무슨 수로 아무 도움 없이 사람들의 눈을 피해 지금당주를 만날 수 있느냐는 의문이 그의 표정에 숨김없이 담겨 있었다.

"그만 가보시오."

주남은 굳이 그의 의문을 풀어줄 생각이 없었다. 주남의 축객령에 사내가 어쩔 수 없다는 듯 고개를 숙여 보이고는 그 자리에서 물러났다.

"이제 내가 할 일은 다한 것 같은데?"

사내가 물러나자 주남이 궁비영을 보며 말했다.

"수고했다. 이젠 우리가 맡지."

궁비영이 대답했다.

"방알 녀석! 감히 신성한 사당에서 일을 벌이려 해!"

척황이 노한 표정으로 주먹을 말아 쥔다. 그러자 지금당주 표유매가 말했다.

"그만큼 다급하단 뜻이겠지요."

"어찌하면 좋겠소이까?"

척황이 표유매에게 물었다.

"음… 이런 일은 아무래도 조용히 해결하는 것이 좋겠지요. 세상에 제룡가의 내분이 알려져서 좋을 것은 없습니다."

"하면……?"

"바로 그 자리에서 굴복을 받아내시는 것이 가장 좋을 겁니다. 물론 그 자리에는 대부인님을 포함해 다른 형제분들도 모셔야겠지요."

"그렇게까지 해야겠소? 어머님이 불편해하실 것이오."

척황이 곤혹스런 표정으로 물었다. 그러자 표유매가 고개를 저으며 말했다.

"장부는 독해야 한다고 했습니다. 대부인님을 무시하자는 것은 아니지만 대공자께서 가주가 되신 이후에는 제룡가의 대소사를 직접 결정하셔야 합니다. 지금처럼 대부인께 모든 일을 의탁하시는 것은 좋지 않습니다."

"그건 어려운 일이오. 가솔들은 저보다 어머님을 더 신뢰하

고 있소. 당장 천무당주만 해도 그러하지 않소. 날 만나는 것
보다 어머님을 만나는 날이 더 많은 그요."

"그래서는 늘 누군가의 반역을 걱정하셔야 할 겁니다."

"그게 무슨 말이오? 어머님이 날 내치려 할 거란 말이오?"

"그런 말이 아닙니다. 단지 대부인께서 제룡가의 권력을 장
악하고 계시는 한 이 공자님이나 삼 공자님, 혹은 척씨 성을 이
어받은 누구라도 대부님의 환심을 얻어 세력을 키울 수가 있
기에 드리는 말씀입니다. 대부인님을 존중하되 제룡가의 권력
은 반드시 대공자께 있어야 합니다. 이는… 모든 권력의 속성
입니다."

"음……"

척황이 나직하게 침음성을 흘린다. 여전히 결심이 서지 않
는 모습이다.

"부자간이라도 권력은 나누지 않는다 했습니다."

표유매가 다시 한 번 경고한다. 그러자 척황이 무겁게 고개
를 끄떡였다.

"알겠소. 그리합시다."

"삼 공자의 목숨과 무공 중 하나를 거두겠다고 하십시오."

"그건 또 무슨 말이오?"

척황이 깜짝 놀라 표정으로 물었다.

"그리하시면 대부인께선 반대하실 겁니다."

"당연하오. 비록 어머님이 날 가주로 지목하셨지만, 사실 셋
째를 가장 총애하는 것은 누구나 아는 사실이오."

"그래서 더더욱 해야 합니다."

"정말 셋째를 죽여야 한단 말이오?"

"그럴 수야 없지요. 골육상쟁은 가문을 분열시키는 일입니다. 결국은 무종을 거두는 쪽으로 결정이 될 겁니다. 그 와중에 사실 목숨을 살려주는 것만도 크게 양보를 한 것이라는 생각이 들게 해야 합니다."

표유매의 말에 척황이 고개를 끄떡였다.

"무슨 말인지 알겠소."

"목숨이라도 살려주게 되면 가문의 사람들이 대공자님의 아량을 칭찬하게 될 것입니다."

"일거양득이군. 좋소. 그리합시다. 그런데… 그들은 믿을 수 있겠소?"

척황이 조금 걱정스런 표정으로 물었다.

"믿을 만합니다."

"어떻게 그렇게 확신하오?"

"주남이란 아이는 똑똑한 아입니다. 시류를 읽을 줄 알지요. 제룡가의 권력이 누구 손으로 넘어가고 있는지 이미 알고 있을 겁니다."

"이득에 따라 움직인다는 말이구려."

"그렇지요. 그리고 사실 이득에 따라 움직이는 자가 어찌 보면 가장 믿을 만합니다. 이득이 있으면 절대 배신하지 않으니까요."

"하긴, 그렇구려. 그런데……."

"달리 하실 말씀이라도?"

표유매가 물었다.

"지난밤에 왔던 자 말이오."

"장산문의 후예라는 자 말입니까?"

"그렇소. 그자들… 내가 얻을 수는 없겠소이까?"

척황이 조심스레 물었다.

"그게 무슨 말씀이신지요?"

"어젯밤 그들의 움직임은 정말 놀라웠소이다. 내게 꼭 필요한 사람들이라고 느꼈지요."

"하긴… 저도 조금 놀라기는 했습니다. 장산문의 후인들이니 범상치는 않을 것이라고 생각했지만, 설마 일부러 촘촘히 세워놓은 경비망을 뚫고 귀신처럼 모습을 드러낼 줄은… 그들이 삼 공자님 쪽에 서지 않은 것이 다행이라고 느껴질 정도였지요."

"본 가는 그런 사람들이 없어요. 무공이야 뛰어난 사람이 많지만……."

"유용한 사람들임은 분명합니다."

표유매가 고개를 끄떡였다.

"내가 얻을 수 있겠소이까?"

척황이 입맛을 다시며 물었다.

"쉽지는 않을 겁니다. 그들은 장산문을 다시 세우려 하고 있습니다. 그렇다면 다른 문파에 몸을 의탁하지는 않겠지요."

표유매의 말에 척황이 아쉬운 표정을 짓다가 이내 다시 입을 열었다.

"서로 상부상조하는 것은 어떻겠소?"

"상부상조라면… 드러나지 않게 관계를 유지하자 말입니까?"

"그렇소. 우리가 그들의 재건을 돕는 조건으로……."

"글쎄요. 어찌 받아들일지. 이미 삼우향의 루주에게서 자금 지원을 받는 것 같던데……."

"강호의 일에 어디 금자만 필요하겠소이까?"

"이번 일이 끝나면 한번 말을 해보겠습니다."

"좋소이다. 그런데… 그는 어디쯤 오고 있소?"

"나흘이면 도착할 겁니다."

"그가 오기 전에 셋째의 일을 끝내야 하오. 그가 본가의 내분에 깊이 관여하는 순간 우린 그의 수족이 되어야 할 수도 있소이다."

"물론 그래야지요. 오죽노는 다만 우리의 든든한 후원자로 남게 될 것입니다."

표유매가 빙그레 미소를 지으며 말했다.

*   *   *

북산 서쪽 기슭에 사람들의 접근이 금지된 곳이 있다. 북산 제룡가의 역대 가주들의 위패를 모시는 사당이 있는 곳으로, 등룡림으로 불리는 소나무 숲이었다.

북산에서 가장 신성한 등룡림에 오늘 낮 대공자 척황이 들었다. 척황의 가주 즉위를 삼 일 앞둔 날이었다.

본래 제룡가의 가주가 되는 사람은 사당에 들어 삼 일간 제사를 모시고 이후에 가주로 즉위하는 것이 관례였다.

척황을 따라 등룡림에 들어간 사람은 겨우 셋. 그중 하나는 척황의 시중을 들고, 다른 하나는 제를 주관하며, 다른 하나는 외부와의 연락을 맡는다.

사람의 숫자를 적게 두는 것은 등룡림에 대한 신비감을 키워 제룡가의 가솔들에게 가주의 권위를 높이려는 의도 때문에 생겨난 전통이다.

"갑시다!"

척벽이 입술을 깨물며 말했다. 그의 얼굴에 투지가 가득하다.

척벽이 움직이자 그의 심복들이 따라 움직였다.

궁비영과 귀보전은 조금 뒤에서 척벽을 따르기 시작했다. 그들의 곁에는 애초에 제룡가 근처에서 활동하던 유령사 다섯이 합류한 상태였다.

길은 수월하게 열렸다. 등룡림으로 가는 길을 이미 확보해 둔 척벽이었다. 평소 제룡가 주변의 경비를 맡는 북산 현무기의 기주가 바로 척벽 자신이기 때문이었다.

더군다나 등룡림을 향해 움직이는 사람의 숫자가 채 스물이 되지 않았기에 더더욱 사람들의 눈을 피하기 수월했다.

척벽을 선두로 한 일행은 한순간에 제룡가를 벗어나 북산의 서면을 타고 이동하기 시작했다.

사방이 순백의 설원, 그러나 장원을 벗어나는 순간 회색의 옷으로 살아입은 터라 일행은 눈 속에 파묻힌 듯 사람들의 눈을 피했다.

그렇게 이각여를 이동했을 때 문득 누군가가 불쑥 일행 앞에 나타났다.

"오셨습니까?"

눈빛이 날카로운 자다. 그러고 보니 어디서 본 듯도 싶다.

'이제 보니 그였군.'

궁비영이 먼 기억 속에서 눈앞에 나타난 자를 떠올렸다. 사대외가 중 위공가 출신으로 현무기의 오랜 터줏대감 위송이다. 예전부터 척벽의 심복으로 알려진 자였다.

'그가 여전히 척벽의 아래에 있다는 것은 위공가가 척벽과 손을 잡았다는 말인가. 아니면 그 하나만 척벽을 따르는 것인가?'

제룡가 십팔외가에도 그동안 변화가 있었다. 사대외가는 변함없이 그 세력을 유지하고 있었으나 궁가와 중가는 북산에서 사라졌고, 대신 네 개의 문파를 더 받아들여 이제 제룡가의 외가는 스물이었다.

외가의 숫자가 많아졌으니 그들의 힘도 커졌다. 그들이 누굴 지지하느냐에 따라 제룡가의 주인이 바뀔 수도 있었다.

그러니 만약 사대외가 중 한 곳인 위공가가 이 일에 직접 가담했다면 그들이 이 반역에 가문의 운명을 걸었다는 말일 것이다.

'하긴 위공가주 위도명은 야심이 만만찮은 자지.'

가끔 위공가주를 볼 때마다 느껴지던 그 도도함이 떠올랐다. 다른 외가들은 안중에도 없었던 위도명이다.

'만약 가문 전체가 이 반역에 가담했다면 모두 죽겠지.'

궁비영이 씁쓸한 표정을 짓는다.

"갑시다."

앞쪽에서 척벽의 목소리가 들린다. 궁비영이 상념을 깨고 신형을 날렸다.

등룡림으로 들어서자 아름드리 소나무들이 신령처럼 서 있다. 오랫동안 사람의 발길이 닿지 않은 숲에서 자란 나무들은 스스로 신령함을 갖는 모양이다.

'제길, 이런 곳에서 혈향을 풍기겠다는 건가? 제룡가에 망조가 든 것은 확실하군.'

신령스런 곳에서 피를 뿌리는 일은 곧 스스로 화를 자초하는 일이다. 그럼에도 두 형제는 모두 이곳에서 피를 뿌리기를 원했다. 그러니 제룡가의 운명은 어쩌면 이미 정해진 것인지도 모른다.

등룡림에 들어온 뒤 백여 장을 달리자 한 채의 작은 장원이 눈에 들어온다. 두 개의 건물을 품고 있는 장원에서 희미한 불빛이 흘러나온다.

제룡가의 성역인 가주들의 사당이다.

사당이 눈에 들어오자 일행의 걸음이 자연스레 멈춰졌다. 새삼스런 긴장감이 사람들 사이에 흐른다.

"모두 동의한 것이겠지?"

척벽이 불안한 듯 위송에게 물었다.

"그렇습니다."

"설마 배신자가 나온 것은 아니겠지."

"그럴 리는 없습니다. 등룡림을 지키는 자들은 모두 제 심복입니다."

위송이 자신 있게 말했다. 그러자 척벽의 얼굴에 자신감이 생겨난다.

"좋아. 형님을 만나보자고!"

척벽이 스스로를 격려하듯 호기를 부리며 걸음을 옮겼다. 그 뒤를 따라 일행이 미끄러지듯 눈 위를 달렸다.

사삭!

가볍게 장원의 담을 날아 넘은 일행은 새가 나락에 내려앉듯 사당 앞에 모여들었다.

그러자 순간 그들 앞에 한 명의 중년인이 나타났다.

"누구냐? 감히 금지에 무리를 몰고 나타나다니!"

"우도검 그대군."

척벽이 사내를 아는 척한다. 그러자 사내가 눈을 가늘게 뜨고 어둠 속에서 척벽의 얼굴을 살피더니 착잡한 표정으로 말했다.

"삼 공자시군요."

순간 척벽의 표정이 묘하게 변했다. 대공자 척황의 심복인 우도검의 반응이 그가 예상한 것과는 다르기 때문이었다.

자신이 왔다는 것은 곧 척황을 치기 위함임이 분명한데 우도검은 지나치게 담담했다. 이건 뭐가 잘못된 것이다.

"형님은 어디 있느냐?"

척벽이 살기를 숨기지 않고 말했다.

"가주께서는 사당에서 선조들께 잘못을 빌고 계십니다."

우도검의 대답에 척벽의 눈썹이 꿈틀거렸다. 두 마디의 말이 그의 신경을 거슬리게 했다.

가주라는 말과 잘못을 빈다는 말이다. 둘 모두 척벽을 겨냥한 말이다.

"네놈이 지금 나하고 말장난을 하자는 것이냐?"

"어찌 제가 삼 공자님께 그런 무례를 범하겠습니까?"

우도검이 머리를 조아린다. 그러자 척벽이 더욱 화를 냈다.

"네놈이 형님의 총애를 받더니 안하무인이구나. 내가 이래서 형님께 제룡가를 맡기지 못하겠다는 거다. 네놈 같은 소인배를 곁에 두시고 총애하시는 결국 가문이 어찌 되겠는가!"

척벽이 호통을 쳤다. 그런데 그때 갑자기 사당의 문이 열리면서 척황이 모습을 드러냈다.

"아우의 충고 잘 들었네."

척황이 사당 앞 섬돌에 우뚝 선 채 말했다. 그 위엄이 제법 강렬해서 한 가문의 주인으로 손색이 없는 기세다.

갑작스런 척황의 등장에 척벽이 주춤했다. 척황의 기세가 예상보다 강할뿐더러 자신이 왔음에도 전혀 당황하는 기색을 보이시 않는 것이 불안을 가중시켰다.

"형님 평안하셨소?"

척벽이 척황에게 물었다.

"음… 나쁘지 않네. 고요한 산중 사당에서 역대의 가주분들과 함께 있는 것은 좋은 경험이지."

"좋은 시간을 방해해서 죄송하군요."

"그러게 말이야. 그래 무슨 일인가? 가주의 위에 오르기 위해 제를 지내는 동안 이곳이 금지임은 알고 있을 텐데?"

"그러실 필요 없습니다. 형님께선 가주의 위에 오르지 못하실 테니까요."

척벽이 단호하게 말했다.

"그래? 그럼 누가 가주가 되는 거지? 아운가?"

"제룡가를 다스리는 일은 제게 맡겨주십시오."

"음… 자네 마음은 알겠네. 하지만 가주가 되는 일은 원한다고 할 수 있는 일이 아니야. 스스로 자격을 갖춰야 하고, 또 가문 어른들의 동의도 받아야 하지. 아우는 이 두 가지 일을 해결했나?"

"자격은 오늘 형님을 꿇려 증명할 것이고, 어른들의 동의는 차차 받기로 하지요. 아마도 가문의 미래를 생각한다면 모든 분이 동의하실 겁니다. 형님은… 이 큰 가문을 맡으시기에는 너무……."

"능력이 모자란단 말인가?"

"유하시지요."

"독하지 못하다는 말이군. 결국은 어리석다는 말과 같은 뜻인 것 같은데……?"

"……."

척벽이 척황의 말을 굳이 부인하지 않았다. 그러자 척황이 미소를 지으며 말했다.

"그렇게 생각하고 있다면 그건 아우의 오해일세."

"무슨 말씀이십니까?"

"사실 난 그 허술한 사람은 아니라는 거지. 특히 어린 아우에게 자기 자리를 빼앗길 만큼은 아니야. 그리고… 사실 무척 독한 사람이기도 하다네."

"만약 그러셨다면 오늘의 일을 미리 방비하셨겠지요."

"음… 사실 그리했네."

"……?"

척황의 말에 척벽이 다시 말문이 막힌다. 그러자 척황이 문득 오른손을 들었다. 그 신호에 사방에서 제룡가의 무사들이 불쑥불쑥 모습을 드러냈다.

척벽이 갑작스런 변화에 놀라 주위를 돌아본다. 장원 곳곳에서 나타난 사람의 숫자가 근 오십여 명에 달한다.

"어떤가. 나도 제법 머리를 쓰지?"

척황이 척벽에게 물었다. 넉넉한 승자의 여유가 보인다.

"알고 있었구려!"

척벽이 이를 갈며 말했다.

"당연하지. 이미 어머님과 삼당의 당주로부터 가주로 인정빈은 나일세. 가문의 모든 움직임은 내 시선을 피하지 못해. 자넨 생각보다 경솔하더군."

"누굽니까?"

척벽이 노기를 드러내며 물었다. 일이 어그러진 것은 어쩔 수 없지만 배신자는 찾고 싶은 모양이었다.

"굳이 그건 알아서 뭣하겠나? 마음만 아프지."

척황이 조롱하듯 말했다.

"형님… 전 형님이 조롱할 수 있는 사람이 아닙니다."

"하하하! 이 지경이 되고도 그런 말을 하는가? 그런 말을 하려면 자네가 내 대신 이 자리에 서 있어야 하네. 총명하다 해도 아직 어린 건가? 세상 돌아가는 이치를 그리 몰라. 쯔쯔!"

"형님이 지금 그 자리에 계신 것은 그저 가장 먼저 태어났다는 이유 때문입니다. 형님은 무공으로는 둘째 형님께 미치지 못하고, 지략으로는 절 따라올 수 없으며, 하물며… 덕으로는 누님을 따르지 못하지요. 그저 장자라는 이유 하나로……."

"그만!"

척황이 손을 들어 척벽의 입을 막았다. 그러고는 검을 뽑아 들며 소리쳤다.

"좋아. 네가 그렇게 뛰어나다면 증명할 기회를 주겠다. 검을 뽑아라. 오직 너와 나 둘만의 검으로 이 분란을 종식하겠다. 날 벤다면 네가 제룡가의 가주다!"

척황이 호령을 했다. 자리가 사람을 만든다고 벌써 가주의 풍모가 흘러나오는 척황이다.

그런 척황의 태도에 척벽이 당황한 표정을 짓는다. 그가 알고 있던 척황과는 너무 다른 모습이다. 하지만 이미 상황은 그를 막다른 골목으로 몰고 있었다.

척벽이 슬쩍 뒤를 돌아봤다. 등 뒤에서 그의 수하들이 두려움에 떨고 있는 것이 보인다. 그런데 이 상황을 냉정한 시선으로 바라보고 있는 자들이 있었다. 바로 궁비영과 귀보전이었다.

척벽의 눈에 일순 희망의 빛이 떠오른다. 이들이라면 혹 기회를 만들 수도 있을지 모른다는 생각이 든 것이다.

척벽과 궁비영의 시선이 마주쳤다. 그러자 척벽이 소리를 내지 않고 입모양으로 말을 했다. 궁비영이 가볍게 고개를 끄떡였다. 그러자 척벽이 호기롭게 돌아서며 소리쳤다.

"좋습니다, 형님! 알려 드리지요. 왜 형님이 제룡가의 가주가 되어서는 안 되는지!"

척벽이 검을 뽑아 들고 앞으로 걸어 나갔다. 그러자 척황이 갑자기 침울해진 표정으로 말했다.

"아우는 정말 고집스럽군. 어쩔 수 없지. 매를 드는 수밖에."

척황이 가볍게 섬돌에서 뛰어내렸다. 척벽이 그런 척황을 향해 검을 겨누었다.

"이야말로 골육상쟁이군요."

귀보전이 나직하게 중얼거렸다.

"계룡기의 운명은 이미 결정되었다고 할 수 있지요."

궁비영이 말했다.

"그런데 그가 뭐라 한 것입니까?"

귀보전은 척벽의 입모양을 제대로 읽지 못한 모양이었다.

"기습을 하라더군요."

"비무 중에 말입니까?"

"그렇지요."

"후후후, 잔머리는. 쯔쯔!"

귀보전이 혀를 찼다. 그러자 궁비영이 나직하게 말했다.

"결국 알게 되겠지요. 얻고자 하는 것이 있다면 결국 자신의 힘으로 얻어야 한다는 것을."

"힘든 현실이지요. 곱게 자란 자에게는."

귀보전이 고개를 저었다. 그러고는 두 형제의 싸움으로 시선을 돌렸다.

북산 제룡가의 무공은 크게 북천신공과 제왕천검, 그리고 대웅권 세 가지로 나뉘어진다.

신공의 수련이야 혈족이라면 누구나 하는 것이지만 제왕천검과 대웅권의 수련은 문주의 특별한 허락이 있어야만 가능하다.

물론 양강지공에 있어서 천하제일을 다투는 북천신공 역시 그 정수는 오직 선택받은 자만이 수련할 수 있었다.

　그런 면에서 보자면 무공에 있어서 특별한 혜택을 받은 사람은 확실히 둘째 척청이라고 할 수 있었다. 그는 이 세 가지 절기를 모두 전수받은 사람이기 때문이었다.

　반면 척황과 척벽은 신공에 더해 각기 제왕천검과 대웅권을 나뉘어 전수받았는데 전대 문주 척담산이 굳이 둘째에게만 모든 무공을 전수한 것은 그의 대에서 북산 척씨의 무공이 크게 진보할 거란 기대 때문이었다.

　물론 척청이 권력에는 관심이 없고 무공에만 몰두하는 성정을 지니고 있는 것도 그 이유 중 하나였을 것이다.

　어쨌든 그래서 척황과 척벽의 비무는 결국 검과 권장의 싸움이 될 수밖에 없었다.

　비록 척벽이 검을 빼 들고 있다고는 해도 그의 진실한 무공은 대웅권이다.

　그래서 척황 역시 함부로 척벽을 공격할 수는 없었다. 검법에 관한 한 척벽이 척황을 따를 수 없지만, 일단 한 번의 공격을 척벽이 막아낸다면 빈틈을 노리고 그의 권장이 날아들 것이기 때문이었다.

　거리를 주면 척황이 유리한 싸움이었고, 근접하면 척벽이 유리한 싸움이라고 할 수 있는 형제간의 싸움이다.

　척황이 한 차례 도약하며 검을 휘둘렀다. 그러자 그의 검에서 일어난 검풍이 사당 뜰에 쌓인 눈을 날린다.

웅!

검풍에 밀린 눈송이들이 그대로 척벽을 덮쳤다. 그 안에는 번쩍이는 한가닥 검기도 포함되어 있다.

"아우를 상대로 얕은 수를 쓰다니 가주가 되겠다는 사람답지 않구려!"

척벽이 외치며 검을 사선으로 쳐올렸다.

캉!

눈보라 속에서 벼락 치듯 불꽃이 번쩍였다. 순간 척벽의 왼손이 빠르게 앞으로 뻗어 나갔다. 그 손길에 그를 향해 날아들던 눈송이들이 산산이 부서져 나간다.

순간 척황이 재빨리 검을 거두며 대여섯 걸음 뒤로 물러났다.

펑!

아슬아슬하게 척황의 가슴을 스친 권장이 그대로 땅에 떨어져 내리면서 다시 한 번 눈보라를 일으켰다.

"벽! 너의 대응권은 더욱 진보하였구나."

척황이 다시 몸을 솟구치며 소리쳤다. 그의 신형이 허공에서 빙글 회전했다. 그러자 그의 검에 진기가 모였다. 몸이 회전하는 힘을 받은 검기가 더욱 강렬하게 빛을 뿌린다.

척벽이 얼굴에 두려운 빛이 떠올랐다. 제왕천검의 무서움을 그보다 잘 아는 사람은 없을 것이다.

카카캉!

척황과 척벽의 검이 여러 차례 부딪히며 날카로운 소성을 일으켰다.

그러나 검술에 관해서는 확실히 척벽이 척황을 따를 수가 없었다.

척벽의 신형이 계속 뒤로 밀려났다. 그러면서 계속 천황권을 쓸 기회를 노렸지만 한 번 반격을 당했던 척황은 척벽과 일정한 거리를 두며 아우에게 반격을 할 기회를 주지 않았다.

투투툭!

척벽의 발끝에서 어지럽게 눈들이 흩어졌다. 거리를 두고 공격하는 척황의 검술에 서서히 척벽의 중심이 흔들리고 있었다.

"아우, 조심해라!"

한순간 척황이 검을 횡으로 그으며 소리쳤다.

쐐액!

소름 끼치는 파공음이 일어나며 일 장 이상 늘어난 검기가 척벽의 허리를 갈랐다.

"흡!"

놀란 척벽이 다급한 음성을 흘리며 훌쩍 뒤로 물러났다.

삭!

물러나는 척벽의 가슴 언저리를 척황의 검이 스치고 지나갔다. 그러자 옷이 베어지며 척벽의 맨살이 노출됐다. 한 치만 깊었어도 척벽의 심장이 베어졌을 것이다.

척벽이 흔들리는 신형을 애써 바로 세우며 연신 뒤로 물러났다. 그런 척벽을 향해 척황이 독수리처럼 날아들었다.

척벽이 재빨리 땅을 구르며 궁비영과 귀보전이 있는 곳까지 물러났다. 그런데 척황의 무공은 놀라워서 단 한 번의 도약으로 어느새 척벽의 머리 위에 이르러 있었다.

파언 강호에 군림하는 제룡가의 대공자다운 무공이었다.

"아우, 끝이다!"

척황이 노성을 터뜨리며 그대로 척벽을 향해 검을 내려쳤다. 그러자 척벽이 이를 악물며 대웅권을 펼치며 소리쳤다.

"지금이오!"

궁비영과 귀보전을 부르는 소리다.

콰앙!

척황과 척벽이 격돌했다. 천둥 치는 소리가 일어났다. 그리고 다음 순간 척벽의 얼굴에 당혹한 빛이 떠올랐다.

혼신을 다해 척황의 공격을 막는 사이 그 배후를 노렸어야 할 궁비영과 귀보전 두 사람의 기습이 없었던 것이다.

당황하는 척벽을 향해 척황이 나직한 웃음과 함께 어린애 달래듯 말했다.

"후후, 아우… 네가 기대하는 일은 일어나지 않는단다. 어리석은 것은 내가 아니라 너구나. 어린 녀석……."

제3장
북산의 새 주인

무릎 꿇려진 척벽은 초라했다. 그 도도하던 기상은 한순간에 사라졌다. 그의 앞에 척황이 잔인한 선택을 요구했다.

"벽! 너에겐 아직도 두 가지 선택의 길이 있다. 가져와라!"

척황의 명에 그의 수족인 우채가 작은 교자상을 가져왔다. 상 위에는 두 그릇의 탕약이 놓여 있었는데 검은빛이 도는 것이 독이 든 것이 분명해 보였다.

"이것이 무엇이오? 형님!"

척벽이 두려운 눈으로 물었다. 그러자 척황이 살짝 눈살을 찌푸리며 말했다.

"사실 나의 고육지책이라고 할 수 있다. 내 곁의 사람들은 하나같이 널 죽여야 한다고 말했다."

"그래서 날 죽이시려오?"

척벽이 화가 난 듯 되물었다.

"너라면 어땠겠느냐?"

척황이 되물었다. 그러자 척벽이 대답을 하지 못한다.

"아마… 너였다면 반드시 날 죽였을 것이다. 너의 독심은 우리 네 남매 중 제일이지. 하지만 난 차마 그럴 수 없었다. 그래서 네게 선택할 기회를 주는 것이다."

"뭘 바라시오?"

척벽이 다시 물었다.

"그 두 개의 탕약 중 오른쪽 것은 고통 없이 죽을 수 있는 극독이다. 반면 왼쪽 것은 고통은 있겠지만 죽지는 않지. 단지 공력이 사라질 것이다. 영원히……. 자, 네가 선택할 수 있는 길은 이 중 하나다. 선택은 너의 몫이다."

척황이 단호하게 말했다.

"잔인하시구려."

"잔인? 네게 그런 말을 할 자격이 있다고 생각하느냐? 감히 반역을 도모한 주제에 말이다. 선택하라!"

"어느 것도 할 수 없소."

척벽이 외쳤다. 그러자 척황이 싸늘하게 말했다.

"네가 선택할 수 없다면 세 번째 길도 있다. 그건 바로 내가 선택하는 것이지. 난… 널 죽이겠다!"

척황이 말했다.

"호호, 형님 마음대로 될 것 같소? 어머님이 이 일을 허락하실 것 같소?"

척벽의 말에 척황이 그의 얼굴을 동생의 눈앞에 들이대며
말했다.

"벽! 명심해라. 이제 제룡가의 가주는 나야. 그 누구도 가주
로서의 내 결정을 번복할 수 없다. 설혹 어머니라 해도 말이
야. 그러니… 지금 네가 할 수 있는 일은 엎드려 목숨을 구걸
하는 것뿐이야."

척황의 말에 척벽이 두려운 빛을 흘린다. 그는 단 한 번도
척황에게서 이런 모습을 본 적이 없었다. 자리가 사람을 만든
다고 했던가. 평소 우유부단하던 척황이 지금은 그 누구보다
도 독하고 단호해 보였다.

그런데 그때였다. 문득 사당 한쪽이 소란스러워지더니 일단
의 사람이 장내에 나타났다.

"황은 잠시 기다리거라!"

사람들의 시선이 일제히 새로 등장한 여인에게로 향했다.
백발이 섞여 있으나 여전히 탐스러운 머리카락, 주름이 있으
나 품위 있는 얼굴의 여인이 성난 눈을 하고 장내로 걸어 들어
왔다.

"오셨습니까, 어머니?"

척황이 정중히 고개를 숙여 보인다.

"어머니! 절 살려주십시오. 전……."

"닥쳐라!"

여인이 그녀를 향해 애원하는 척벽을 향해 호통을 쳤다. 그

러자 척벽이 당황한 표정을 지으며 입을 다물었다.

이 여인이야말로 척담산이 죽은 이후 제룡가 최고의 권력자라 할 수 있는 대부인 이화령이다.

"황!"

"말씀하십시오."

척황이 대부인 이화령에게 고개를 숙여 보인다. 화산 출신이기는 하나 어려서 화산을 떠난 지 이미 수십 년, 더 이상 화산의 사람이 아닌 온전한 제룡가의 사람이 된 이화령이다.

"이 모습을 보여주려고 우릴 사당으로 불렀던 게냐?"

대부인 이화령이 척황을 보며 호통을 쳤다. 노기를 참기 어려운 모습이다.

"그렇습니다."

"그렇다고? 형제간의 골육상쟁을 보여주려 어미를 불러?"

"더 큰 화를 막기 위함이지요."

"더 큰 화?"

"그렇습니다. 지금 제룡가는 제대로 된 문파가 아닙니다. 천하는 마천과의 싸움과 그 이후의 패권을 두고 쟁투가 한창인데 우리 제룡가는 내분으로 스스로 무너져 가고 있습니다. 이 모든 일은 가주의 권위가 제대로 서지 않았기 때문이지요."

"넌 아직 가주가 아니다!"

이화령이 차갑게 말했다. 지금이라도 자신이 생각을 바꿀 수 있다는 경고다.

"바로 그게 문제입니다. 난 삼당의 당주와 어머님으로부터

차기 가주로서 인정을 받았지요. 그런데 이 가문에는 그 결정을 인정하지 않은 사람이 너무 많습니다. 그들은 각자의 이득을 위해 다른 가주를 세우고 싶어 하지요. 그러니 북산의 대호이던 우리 제룡가가 이젠 고양이도 되지 못하는 처지에 빠진 겁니다."

"그것이 이런 일을 벌인 이유라는 거냐?"

"일을 벌인 것은 제가 아닙니다. 셋째가 일으킨 것이지요. 전 어머님께 현재 제룡가가 어떤 상태인지를 보여드리려 했을 뿐입니다. 눈으로 보신 것처럼 언제든 제 목을 베고 가주에 오르려는 사람으로 가득한 제룡가입니다. 이런 지경에게 제가 가주가 된들 이 제룡가가 제대로 지켜질 수 있겠습니까?"

척황이 물었다.

이화령의 눈빛이 흔들렸다. 그녀는 대답을 하는 대신 척황을, 그녀의 장자를 지그시 바라봤다. 마치 오늘 처음 보는 사람 같은 표정이다.

"그래서 네 생각은 뭐냐?"

이화령이 물었다.

"일벌백계! 혈육이라도 감히 반란을 도모하는 자는 용서치 않는 모습을 보여줘야 가문의 문도도, 혹은 스무 개의 외가도 감히 제룡가의 권위를 무시하지 못할 겁니다. 그러니 오늘 벽에게 내려질 벌은 가문을 위한 고육지책이라고도 할 수 있지요."

"과연 그 방법밖에 없다고 생각하느냐? 나와 삼당의 당주가 모두 널 지지하고 있다. 가주로서의 네 권위는 이미 단단하다."

"그런데도 오늘 셋째는 절 죽이러 왔지요."

처항의 말에 이화룡이 다시 입을 닫는다. 그러자 척황이 서늘한 표정을 말했다.

"이런 일이 벌어진 또 하나의 이유는 바로 그것입니다. 사람들은 제가 제 힘으로 가주가 된 것이 아니라 어머님과 삼당 당주의 힘으로 가주의 자리에 올랐다고 생각하고 있지요. 가주의 권위보다 어머님과 삼당 당주의 권위가 더 높단 겁니다."

"그래서……?"

이화룡이 불안한 표정으로 되물었다. 평소의 아들과는 너무도 다른 모습이다.

"한 번은 보여줄 필요가 있었지요. 제 스스로 제룡가 가주의 자리를 지킬 수 있다는 것을! 그리고 제 스스로 가주로서 제룡가의 대사를 결정할 수 있다는 것을 말입니다. 오늘 셋째를 처벌하는 일이 바로 그 증명이 될 겁니다."

"그 말은 내 말을 듣지 않겠다는 것이구나."

"이는 가문을 위한 결정이니 어머니도 제 뜻을 따라주십시오. 그리고 이제 곧 가주의 즉위식이 열립니다. 이후에는 제룡가의 일은 제게 맡기시면 됩니다."

순간 이화룡이 분노했다.

"네가 내 손발까지 묶으려는 것이냐?"

"다시 말하지만 더 이상의 불상사를 막기 위함입니다."

"나 때문에 이런 일이 일어났다는 거냐?"

"아니라고는 말할 수 없군요."

"황! 감히······!"

"애초에 형제들이 가주의 지위에 눈독을 들인 이유는 만약의 경우 실패하더라도 어머니께서 자신들의 목숨을 지켜줄 거란 믿음이 있기 때문일 것입니다. 바로 오늘처럼 말이지요. 이래서야 하루라도 편할 날이 있겠습니까?"

"아, 네가 이렇게 변하다니."

이화령이 탄식하듯 말했다. 그러자 척황이 차갑게 대꾸했다.

"변하지 않는다면 결국 제가 죽게 되겠지요. 셋째, 뭘 하느냐 선택하지 않고? 아니면 정말 내가 선택해 주랴?"

척황이 더 이상 이화령과는 말하지 않겠다는 듯 화살을 척벽에게로 돌렸다.

그러자 척벽이 이화령을 바라본다. 그런 척벽을 이화령이 애써 외면했다.

그녀는 알고 있었다. 오늘 척벽을 구하고자 척황에 맞서다가는 결국 더욱 큰 싸움이 일어나고 종래에는 제룡가가 무너질 것이라는 것을. 척황의 행동이 마음에 들진 않지만 지금은 그의 결정을 따라야 할 때였다.

"어머니!"

척벽이 이화령을 불렀다. 그러자 이화령이 싸늘하게 말했다.

"자업자득! 목숨이라도 건지도록 해라. 난 그만 물러가마. 차마 내 눈으로는 이 꼴을 못 보겠구나."

"그러십시오. 누이가 어머니를 좀 모셔주지?"

척황이 유일한 여동생인 척자아를 보며 말했다. 그러자 척자아가 얼른 고개를 끄떡인다.

"알았어요, 오라버니. 어머니 가세요."

척자아가 급히 이화령을 부축하며 말했다.

"그래, 가자꾸나. 휴우… 내가 훗날 돌아가신 가주님을 어찌 뵈올꼬."

이화령이 한탄을 하며 사람들 사이를 비집고 사라졌다.

그러자 척벽이 절망적인 표정을 짓다가 이내 무릎걸음으로 척황에게 다가와 이마로 땅을 찧으며 말했다.

"형님, 이 아우가 죽을죄를 지었소. 이번 한 번만은 용서해주시오."

쿵쿵!

척벽이 이마를 찧어대는 소리에 땅이 울린다. 순식간에 척벽의 이마가 피로 물들었다.

그러나 척황은 반응은 냉담했다.

"아우, 내 평생 아버님께 듣던 꾸중이 뭔지 아느냐? 그런 바로 우유부단하다는 것이었다. 그러면서 항상 아우와 날 비교하셨지. 사내는 아우처럼 독해야 한다고 말이야. 그렇지 않다면 그 우유부단함이 큰 사단을 불러온다 하셨다."

"형님, 아닙니다. 제가 어찌 감히 형님을 따를 수 있겠습니까?"

"아니. 아버님 말씀이 옳았어. 내가 평소 아우처럼 독한 모습을 보였다면 과연 오늘날 이런 형제간의 싸움이 있었겠는가? 그런 면에서 보자면 오늘은 아우가 양보를 해야 할 것 같네."

"형님!"

척벽이 다시 간절하게 척황을 부른다.

"공력을 거두는 것은 무인에게 참을 수 없는 고통이지만 또한 평범한 사람에게는 아무 의미도 없는 일이네. 이젠… 무인이 아닌 평범한 사람으로 살아가게. 그 또한 행복이 없다고 누가 장담하겠는가? 이후의 삶은 내가 보장하지!"

척황이 협박하듯 말했다. 순간 척벽은 자신이 오늘 이 굴레에서 벗어날 수 없음을 깨달았다. 만약 거부한다면 필시 자신의 머리가 떨어질 것이다.

척벽이 떨리는 손으로 탕약에 손을 댔다. 당연히 공력을 없애는 탕약이다.

탕약을 든 척벽이 다시 한 번 척황을 바라본다. 척황은 척벽을 외면한 채 고개를 돌리고 서 있었다.

그러자 이번에는 척벽이 둘째 척청을 바라봤다. 그러자 척청이 입을 열었다.

"욕심은 끝이 없어. 공력을 없앰으로써 욕망의 근원을 없앤다면 그 또한 나쁜 일은 아니네. 이후에는 제룡가의 삼 공자로서 호화롭게 살 수 있을 테니 말일세."

"흐흐, 형님 이게 남의 일인 줄 아시오?"

척벽이 척청을 노려보며 말했다.

"난… 무공 이외의 것에는 욕심이 없는 사람이네."

"형님이라고 싱인군자는 아닐 것이오."

"물론 그렇기는 하지만 그래도 자족할 줄은 알지."

"흐흐흐, 어디 그 말이 사실인지 두고 봅시다."

척벽이 저주의 말을 내뱉고는 벌컥벌컥 탕약을 들이켰다. 그러자 그 모습을 보고 있던 척황이 소리쳤다.

"좋아. 이제 제룡가에 더 이상 분란은 없다. 오늘부터 새로운 제룡가의 시작이다. 충성하는 자는 영광이 함께할 것이고, 거부하는 자는 죽는다! 떠나는 자는 잡지 않는다. 단, 남는 자는 반드시 내 명에 복종해야 할 것이다. 알겠느냐?"

척황의 사자후에 사당에 모였던 자들이 일제히 무릎을 꿇으며 대답했다.

"가주의 명에 복종하겠습니다!"

무릎을 꿇은 사람들 사이에서 척벽이 피를 토하며 몸을 떨고 있었다.

*   *   *

하룻밤 사이에 제룡가의 분위기가 일변했다. 기이하게도 피의 밤이 지나자 북산에 생기가 도는 것이었다.

그 변화에 궁비영은 씁쓸한 느낌이 들었다. 권력은 피를 통해 만들어지고, 무림인들은 그 피의 권력으로 살아간다는 것을 눈으로 확인했기 때문이었다.

그 피 속에서 태어난 권력에 열광하며 생기를 얻는 것이 무인의 속성이란 생각이 한편으로는 소름 끼쳤다.

쿵!

"이크!"

주남의 놀란 목소리가 들린다. 문짝 하나가 떨어져 나가는 소리였다. 방치된 궁가의 장원은 폐가나 다름없었다. 귀신이 나와도 전혀 이상할 것이 없는 곳이다.

"망할 놈의 영감탱이!"

주남이 욕설을 내뱉었다.

"무슨 소리냐?"

"송 노인 말이야. 금자만 받아 처먹고 도망갔잖아."

"도망간 건 아니지."

"그게 그거지 뭐. 장원 관리는 하나도 하지 않았어."

"그야 제룡가에서 관리할 필요가 없다고 했겠지."

"그래도 금자를 주고 장원을 맡긴 것은 너잖아?"

"이럴 땐 또 멍청하단 말이야. 그게 언제 적 얘기냐?"

"흥, 송 노인이 북산을 떠난 건 벌써 오래전이라고."

"아무튼 그 모든 일은 제룡가의 허락하에 한 일이니 송 노인을 원망할 필요는 없어."

궁비영이 말했다.

"하긴 뭐… 그 양반도 그럴 만한 사정은 있었지. 아무튼 말이야, 어떻게 고쳐 줄까?"

"뭘?"

"이 장원."

"음   아네 네가 와서 살아라."

"뭐? 나보고 살라고?"

"그래. 그래야 의심을 사지 않을 거야. 가끔 내가 왔을 때도 들를 수 있고."

"하긴. 그렇긴 하군. 뜬금없이 장원을 달라고 했으니 의아해하긴 할거다."

주남이 고개를 끄떡였다.

"우린 곧 떠날 거야."

궁비영이 말했다.

"알아. 이곳에 오래 머물 수 없다는 것쯤은 말이야."

주남이 서운한 기색으로 대답했다.

"이곳에서 네가 내 눈이 좀 되어줘."

"제룡가 소식을 전해달란 말이지?"

"그래. 이제 제룡가에 포목을 대기로 했으니 그들의 사정을 살피는 일이 어렵지는 않을 거야."

"알겠다. 그런데 특별히 신경 써서 알아봐야 할 일이 있어?"

"일부러 알아볼 것은 없다. 들리는 소식만 전해주면 돼. 특히… 구천맹에 관한 일을 신경 써서."

"알겠어."

"오죽노나… 중가에 대한 일은 더욱 특별히."

"후……!"

주남이 한숨을 쉰다.

"중광의 일이 꺼려지면 그건 하지 않아도 된다."

"그런 건 아니야. 녀석이, 널 배신했다면 날 배신한 것도 되니까. 다만 우리가 어쩌다 이런 처지가 됐나 그게 우울할 뿐이지."

"뭐, 벌어진 일을 어쩌겠어."

궁비영이 어깨를 으쓱거렸다. 그러자 주남이 다시 물었다.

"내일 제룡가주의 즉위식인데 보고 갈 거지?"

"오늘 밤 떠날 생각이다."

"오늘 밤?"

"그래."

"왜 갑자기?"

"이곳에 오래 있는 건 위험해."

"아무리 그래도 그렇지. 이삼 일 더 있다 가지?"

"결심이 섰을 때 가는 게 좋아."

"그럼 내일 지나 모레 가라. 척황이 가주로서 어떻게 시작하는지 보는 것도 나쁘지는 않아."

"별 관심 없다. 이미 제룡가는……."

몰락이 시작된 가문이다. 척황은 비록 요 며칠 강력한 모습을 보였지만 그래도 척담산에 비할 수는 없었다. 어쩌면 마천과의 싸움에서 목숨보전하기도 쉽지 않을 터였다.

"또 모르지. 그에게 다른 면모가 있을지. 변수는 확인해 두고 움직이는 게 좋아."

주남이 모사꾼 같은 소리를 했다. 그러자 지금껏 두 사람의 대화를 듣고 있던 귀보전이 말했다.

"그건 친구분의 말씀이 맞는 것 같습니다."

"그럴 가치가 있을까요?"

"만사불여튼튼이지요."

귀보전까지 그렇게 말하자 궁비영도 굳이 고집을 부리지는 않았다.

"그럼 그렇게 하지요."

"즉위식에는 가지 않을 거지?"

"거기까지 갈 이유는 없지. 얼굴을 드러내는 건 아무래도 위험한 일이고."

"알았다. 그럼 일단 돌아가자. 이곳을 어떻게 수리할지도 얘기해 보고."

주남의 말에 궁비영이 고개를 끄떡였다.

옛 궁가의 장원에 돌아온 궁비영은 오후 내내 침울한 시간을 보냈다. 애증의 북산이다. 한때는 그토록 벗어나고 싶었지만 또 세상에 나가보니 고향이라고 그립기도 했다.

그러나 다시 돌아온 고향에서 몰락한 궁가의 장원을 보는 것은 그리 유쾌한 일이 아니었다. 다시 모든 것을 잊고 북산을 떠나고 싶은 생각도 들었다.

그런데 그런 궁비영의 상념을 단번에 날려 버릴 소식이 들어왔다.

"그가 왔답니다."

제룡가를 살피고 있는 유령사로부터 온 전갈을 동왕 귀보전이 급히 전했다.

"누구 말입니까?"

"오죽노 말입니다."

오죽노라는 소리에 궁비영이 자리를 박차고 일어났다. 언젠가는 만날 줄 알았지만 그 시간이 이렇게 빨리 올 줄은 몰랐었다.

"정말 그랍니까?"

"정확한 소식입니다. 몇 명의 수하만 데리고 은밀히 제룡가에 들었답니다. 아마도… 새로운 가주에게 힘을 실어주기 위함이 아닐까 싶습니다만……."

"그럴 수도 있지요. 그가 척담산을 대업의 동업자로 생각했었다면 새로운 동업자가 필요할 테니까요."

"그러나 척황은 그러기에는 그릇이 너무 작은 것이 아닐지요."

"그래서 동업자가 아니라 말 잘 듣는 추종자로는 적격이지요."

"하긴 그렇군요. 하면 가보시겠습니까?"

"만나는 것이야 이르지만 그가 어떤 생각을 하고 있는지는 알아볼 필요가 있지요."

"위험할 수도 있습니다."

"오늘이라면 그렇겠지만 내일이라면 조금 다르겠지요. 즉위식의 번잡함 속에서라면……."

"뭐… 나쁠 것은 없겠지요."

퀴모선이 고개를 끄떡였다.

북산은 아연 활기가 돌았다. 강력한 가주의 탄생에 더해 뜻밖의 손님이 찾아들었기 때문이었다.

오죽노 혜간, 그가 북산에 나타났다는 소문이 도는 순간 새로운 가주 척황의 존재감은 금세 죽은 척담산에 육박했다.

누가 뭐래도 오죽노 혜간은 당금 천하에서 가장 중요한 인물 중 하나였다. 구천맹을 실질적으로 움직이는 사람이 누군지는 맹의 허드렛일을 하는 일꾼조차도 알고 있었다.

그 오죽노가 폭설로 막힌 길을 뚫고 척황의 가주 즉위를 축하하러 온 것이다. 북산 제룡가의 쇠락을 걱정하던 사람들에게는 그야말로 가뭄의 단비 같은 오죽노의 방문이었다.

"하하하!"

"마셔 마셔!"

곳곳에서 흥겨운 술판이 벌어졌다. 눈으로 고립된 북산 반경 십 리 안쪽으로 마천의 기습을 대비해 제룡가 사기에서 골라 뽑은 고수들이 그물처럼 경비망을 구축하고 있지만, 장원에서는 그야말로 환락의 잔치가 벌어지고 있었다.

오죽노의 등장으로 한껏 분위기가 달아오른 가주 즉위식은 성대하고 장엄하게 끝을 맺었다.

그 자리에서 척황은 마치 구천맹의 맹주가 된 것 같은 도도함을 드러냈다. 그때만큼은 오죽노 혜간도 척황에게 머리를 조아릴 정도였다.

즉위식 이후 벌어진 잔치는 밤이 깊도록 이어졌다.

궁비영과 귀보전은 그 흥청거림 속에서 조용히 움직이고 있었다. 술 취한 자들이 즐비하다고 해도 제룡가는 제룡가다. 숨어서 불청객의 출현을 감시하는 자들이 곳곳에 도사리고 있었다.

덕분에 감시자들을 피해 제룡가주의 거처로 이동하는 것은 쉬운 일이 아니었다. 그러나 계명흑성인 궁비영과 유령사왕의 일인 동왕 귀보전에게는 그런 감시자들의 눈이 큰 방해가 될 수 없었다.

궁비영과 귀보전은 마치 달그림자가 땅에 드리우듯 검은 그림자로 화해 건물과 건물 사이를 이동하고 있었다.

그렇게 한참을 이동한 두 사람이 한순간 기이하게 자란 소나무를 타고 올라 그 소나무 끝에 걸리듯 위치한 기와지붕 위로 이동했다.

그리고 다시 빠르게 십여 장을 이동한 후에는 거짓말처럼 지붕 속으로 사라지는 것이었다.

"그것이 정말입니까?"

놀란 듯한 척황의 목소리가 들리자 궁비영과 귀보전이 움직임을 멈췄다. 제대로 자리를 잡은 듯했다.

제룡가주의 거처는 제법 큰 건물이었기에 지붕과 천장 사이에 두 사람이 몸을 숨길 공간은 충분했다.

"제가 어찌 가주에게 허언을 전히 꼈습니까!"

오죽노 혜간의 목소리가 들린다. 현재 구천맹에서의 영향력이나 혹은 무림에서의 배분으로 보면 척황에게 하대를 해도 이상할 것이 없는 오죽노다.

그런데 오죽노는 척황에게 무척 공손히 예의를 차리고 있었다. 구천맹 구파의 수장이라면 그가 누가 되었든 자신의 윗사람이라는 듯한 태도였다.

그런 오죽노 혜간의 태도에 감격한 척황은 오죽노보다도 더욱 조심스럽게 그를 대했다.

"물론 어찌 총군사께서 허언을 전하시겠습니까? 다만 미처 듣지 못했던 이야기라 놀라울 따름입니다."

"전대 가주께서 그 이야기를 하시진 않으셨나 보군요."

"전혀요. 듣지 못했습니다."

"음… 하긴 전대 가주께선 입이 무거운 분이였지요. 그 과묵함을 저 또한 존경했었지요. 해서 그분께서 맹을 맡아주셨으면 했던 것인데……."

오죽노의 아쉬운 목소리가 들린다. 오죽노 혜간과 척담산의 모종의 약속, 척담산이 구천맹의 맹주가 되고 오죽노가 그 권력의 반을 나눠 가지기로 한 약속에 대해 이야기를 하는 모양이었다.

"총군사께서 아버님과 그렇게 깊은 관계셨는지 이제야 알

앉습니다. 그래서 이렇게 끊긴 길을 뚫고 제룡가를 방문해 주셨군요."

"저로서는 나 몰라라 할 수 없는 일이었습니다."

"감사할 따름입니다."

"아닙니다. 외려 맹의 총군사로서 이런 일을 미연에 방지하지 못한 것이 송구할 다름이지요."

"그게 어디 총군님의 잘못인가요. 그… 음, 역시 그자들이겠지요?"

척황이 목소리를 낮추며 물었다.

"그들일 가장 가능성이 높지요."

"다른 자들일 수도 있단 말입니까?"

척황이 목소리에 걱정이 서린다.

"마천일 수도 있고… 혹은……."

오죽노가 말꼬리를 흐렸다. 그러자 척황이 오죽노의 말을 재촉했다.

"또 어떤 자들이 있습니까?"

"이런 일은 절대 벌어지면 안 되는 것이지만… 구파 중 다른 곳에서 일을 벌였을 수도 있습니다."

"예? 설마!"

척황이 절대 그럴 일이 없다는 듯 소리쳤다. 아마도 말을 한 사람이 오죽노가 아니었다면 입에서 욕설이라도 내뱉을 기세다.

"가주, 사실 내가 천하가 어지러운 이 와중에 굳이 가주의 취임식에 온 이유는 단지 전대 가주님과의 친분 때문만은 아닙니다."

"…무슨 말씀이십니까?"

척황이 두려운 기색으로 물었다. 그러지 오죽노가 삼시 침 묵을 지키다가 입을 열었다.

"강호란 그런 곳입니다. 당장은 눈앞의 적과 싸우면서도 언 제나 미래의 적을 염두에 둬야 하는 곳이지요."

"그러나 이런 상황에서……."

"최근 들어 구파의 내분이 심상치가 않습니다. 마천과의 싸 움에서 승리를 하기는 아직 요원한데 싸움이 길어지자 다시 옛 버릇이 나오고 있지요. 각자의 이득을 추구하는 것 말입니 다. 그런 자들에게 전대 가주께서 구천맹주가 된다는 것은 받 아들일 수 없는 일이었을 수도 있습니다."

"그러나 그건 오직 두 분만의 약속 아니었습니까?"

"물론 그렇기는 하지만… 구파의 수장은 모두 노련한 자들 이지요. 더군다나 밤낮으로 서로를 견제하고 있으니 우리 곁 에 세작이 들어와 있을 수도 있고 말입니다."

"아!"

척황이 나직하게 탄식을 흘린다. 그러자 오죽노가 위로하듯 말했다.

"하지만 역시 구파의 다른 문파들보다는 그들일 가능성이 거의 확실하지요."

"그렇겠지요?"

척황이 마치 구원이라도 받은 듯 물었다.

"아마도 그럴 겁니다. 그러나 그렇다고 다른 문파들을 경계하지 않을 수는 없습니다. 지금쯤 전대 가주께서 일을 당하셨다는 소식은 모두에게 전해졌을 겁니다. 그들은 이 기회를 노려 자신들의 이득을 취하려 들겠지요."

"사실은 저도 그게 걱정입니다. 그나마 이렇게 오죽노께서 와주셨으니 저들도 함부로 움직이지는 못하겠지요."

"미력하나마 도움이 될 수 있으니 다행이긴 합니다만… 제 존재가 근본적인 해결책은 아닙니다."

"하면 어찌할까요?"

척황은 태도는 제룡가의 운명을 오죽노에게 맡긴 사람 같았다.

"가주 스스로 세상에 힘을 보여주서야 합니다. 제룡가가 건재하다는 것을 말이지요."

"어떻게 말입니까?"

척황이 재차 물었다. 그러자 오죽노가 잠시 침묵을 지키다가 입을 열었다.

"목양에서 큰 싸움이 벌어질 겁니다."

"역시 그렇군요."

"자부문과 비산문의 요구가 워낙 거세서 어쩔 수 없이 건곤일척의 승부를 노릴 수밖에 없는 상황이지요."

"그러나… 목양의 마천 세력은 자부, 비산 두 문파의 힘으로는 감당하기 힘들 텐데요?"

"그렇습니다. 그래서 구천맹의 정예들이 필요한데……."

"그게 가능할까요? 지난번 성도에 구파의 정예들을 집결시켰다가 배후를 공격당한 전례가 있지 않습니까?"

척황이 걱정스럽게 물었다.

"그래서 아마도 각 파에선 정예 고수들의 출도를 꺼릴 것입니다. 해서 지금으로썬 구룡대산에 나와 있는 고수들만으로 이 일을 해결할 생각입니다만."

"가능하시겠습니까?"

"가주께서 도와주신다면 가능한 일입니다."

"제가요?"

척황이 되물었다. 두려움이 묻어나는 목소리다.

"아마 성공한다면 가주께 큰 이득을 안겨줄 것입니다."

"……?"

"두려우십니까?"

"그런 것이 아니라."

척황이 말꼬리를 흐린다.

"냉정하게 말씀드리지요. 지금 가주께서 모험을 하지 않으신다면 제룡가는 구파 중 가장 약한 문파로 전락하게 될 것입니다. 어쩌면 구천맹 구파의 지위를 유지하지 못할 수도 있지요. 강호는 냉혹한 곳입니다. 약세를 보이면 이리들이 달려들지요. 제가 그 이리들까지 막아드릴 수는 없습니다."

"음……."

척황이 나직하게 침음성을 흘린다. 혜간의 말이 틀리지 않다는 것을 그 자신이 더 잘 알고 있었다.

"그런 면에서 목양의 싸움은 제룡가에 아주 좋은 기횝니다. 그곳에서 제룡가와 가주의 힘을 증명하십시오. 전화위복! 성공한다면 전대 가주님 이상의 힘을 얻게 되실 겁니다."

"제가 해야 할 일이 뭡니까?"

"사실 그리 어려운 일은 아닙니다. 단지 결심이 필요한 일일 뿐이지요. 일은 이 사람이 모두 만들어놓을 것입니다. 가주께서는 담대한 용기만 내시면 됩니다."

"말해주시지요. 제가 할 일을!"

척황이 다시 재촉했다. 그러자 오죽노가 기다리지 않고 말했다.

"싸움은 일단 비산문과 자부문의 고수들로 시작할 겁니다. 두 문파의 앞마당에서 벌이는 싸움이니 당연한 일이지요. 아마 그들 스스로도 그걸 원할 겁니다. 그러나 제가 알아본 바에 의하면 목양의 마천 세력은 결코 그 두 문파로 감당할 수준이 아닙니다."

"저 역시 아버님께 그리 들었습니다."

"두 파는 필시 위험에 빠질 겁니다. 그때가 되면 맹에 도움을 청하겠지요. 전 제가 동원할 수 있는 고수들을 몰고 나가 비산문과 자부문을 구할 것입니다. 그러나 그들을 구할 수 있을지언정 목양의 마천 세력을 제거할 수는 없을 겁니다. 손해도 클 겁니다."

"아시면서 그리하시겠다는 겁니까?"

척황이 놀란 표정으로 물었다. 그러자 오죽노의 웃음소리가 들린다.

"후후, 본래 기회란 항상 위기 속에서 오는 법이지요. 구천 맹이 목양의 싸움에서 물러날 수밖에 없을 때, 달리 말하면 마천이 추격할 수밖에 없을 때 그때 함정이 그들을 기다리고 있을 겁니다. 그리고 그 함정의 주인공은 바로 가주십니다."

"제, 제가요?"

척황의 목소리가 떨린다. 감히 감당할 수 없는 일이라는 느낌이다.

"걱정 마십시오. 오직 용기만 내시면 됩니다. 모든 일은 제가 다 준비해 놓을 겁니다. 일이 끝나면 가주와 제룡가는 맹을 구한 영웅이 될 것입니다. 다시 말해 목양에서 마천의 무리를 물리친 공은 모두 가주의 차지가 될 겁니다. 해볼 만하지 않습니까?"

오죽노의 물음에 척황이 침묵을 지켰다. 보지 않아도 고민이 깊다는 것을 알 수 있었다. 잠시 후 어렵게 척황이 물었다.

"몇 할이나 승산이 있습니까?"

"비밀이 유지되고, 때를 제대로 맞추면 구 할, 그중 하나가 틀어지면 육 할… 둘 모두 실패하면 삼 할 정도의 승산이 있을 겁니다."

"음……."

"하시겠습니까? 불가하시다면 전 다른 문파를 찾겠습니다. 아마도… 이 도박은 대부분의 문파가 하려 할 겁니다. 일거에 구천맹의 패권을 잡을 수 있을 테니까요."

"하겠습니다!"

척황이 기회를 놓칠세라 대답했다. 그러자 오죽노의 웃음이 다시 들린다.

"하하하! 역시 가주십니다. 전대 가주께서도 분명 그리 결정하셨을 겁니다. 이제 강호무림은 북산에서 또 다른 신룡이 탄생했음을 알게 될 것입니다."

궁비영과 귀보전은 그들이 들어갔던 길 그대로 제룡가주의 거처에서 물러났다.

"무서운 자입니다. 말 몇 마디로……."

제룡가의 장원을 나서자 귀보전이 말했다.

"그렇군요. 어떤 상황이 벌어지든지 모든 것을 자신에게 유리한 쪽으로 만들 수 있는 사람 같습니다."

"그의 출신이 정말 궁금합니다."

"아직 그의 과거에 대한 조사는 성과가 없습니까?"

"아직은 뚜렷한 성과가 없는 모양입니다. 하지만 결국에 뭐라도 드러날 겁니다. 적불산을 샅샅이 뒤지고 있으니……."

"한 가지 바라는 것은 그에게 숨겨진 세력이 없었으면 하는 것이지요."

"저 역시 그렇습니다. 그런 사람에게 숨겨진 세력이 있다는 것은 생각만 해도 두려운 일이지요. 그런데… 목양의 싸움은 어찌 대처하실 생각이신지요?"

귀보전이 물었다. 그러자 궁비영이 고개를 저으며 대답했다.

"그 결정은 제가 할 수 없지요. 만화도에 소식을 전해 령주님의 답을 청하십시오."

"그럴까요?"

"함부로 관여할 수 없는 씨움입니다. 유령문이 어떻게 움직이느냐에 따라 싸움의 승패가 바뀔 수도 있으니까요."

궁비영의 말에 귀보전이 서운한 표정을 지으며 말했다.

"여전히 유령문이십니까?"

"……?"

"계명흑성이 되신 후에도 여전히 본 문을 다른 문파 부르듯 하셔서 드리는 말씀입니다."

"계명흑성이라고는 하나 전 결국 유령문의 객이 아니겠습니까? 언젠가는 떠날 테니까요."

"그렇다 한들 본문의 계명흑성이란 사실이 변하는 것은 아니지요. 우리 사왕처럼 다른 누군가로 대체될 수 있는 분도 아니고, 또 궁 대협께서 소문주님과 혼인을 하신 이상은……."

"아버지는 아버지고 저는 저지요."

"함께 머무실 생각은 없으신지요?"

"일단은… 하지만 세상일은 모르지요. 제가 계명흑성이 될 줄 누가 알았겠습니까?"

"하긴 그렇군요."

귀보전이 순순히 수긍하면서도 뭔가 아쉬운 듯 고개를 끄떡인다.

두 사람은 서둘러 주남의 장원으로 돌아왔다. 장원에 들어가는 것 역시 정문을 통하지 않고 후원 쪽 담을 넘었는데 혹시 있을지 모를 감시자의 눈을 피하기 위함이었다.

그런데 그렇게 두 사람이 거처에 돌아왔을 때 뜻밖의 인물이 두 사람을 기다리고 있었다.

"서왕께서 여긴 어쩐 일로?"

귀보전이 방 안에서 자신들을 기다리는 사람의 정체를 확인하고는 반가운 기색으로 물었다.

그는 유령문의 서왕 옹완이었다. 그는 궁비영에게도 아주 익숙한 사람이었다.

성도에서 궁비영에게 구천맹의 배신을 경고한 사람, 과거 북산을 떠나 흑성이 되기 위해 무명도로 갈 때부터 암중에 그를 도왔던 바로 그 서왕 옹완이다.

"잘들 지내셨습니까?"

옹완은 여전히 수수한 학사 차림이다.

"우리야 보다시피. 그런데 정말 이곳엔 어쩐 일이십니까?"

"사실은 계명흑성을 만나고 싶어 하시는 분이 계셔서 이렇게 일부러 이곳까지 왔소이다."

그러자 궁비영이 의아한 표정을 짓는다.

"누가 절 보자 합니까?"

궁비영이 물었다.

"계명흑성께서도 잘 아시는 분입니다."

옹완 역시 과거와 달리 깍듯하게 존대를 한다. 유령문에서 계명흑성의 존재가 어떠한지를 여실히 보여주는 행동이다.

"도대체 누가 왔습니까?"

이번에는 귀보전이 물었다.

"목불께서 오셨습니다."

"아, 목불 실자이!"

귀보전이 놀란 표정을 짓는다.

"그분은 지금 어디 계십니까?"

궁비영이 서둘러 물었다. 사실 그동안 이상하게도 그는 간혹 목불 살자이가 떠오르곤 했었다. 마치 그를 만나면 그 자신이 짊어지고 있는 짐을 모두 내려놓을 수 있을 것처럼 생각되기도 했었다.

스치듯 만난 인연, 물론 천강지라는 강력한 지법을 전수받기는 했으나 그렇다 해도 두 사람의 관계가 서로를 그리워할 만큼 깊은 것은 아니었다.

그럼에도 불구하고 궁비영은 간혹 목불 살자이가 떠오르곤 했었다.

"북산으로 들어오시진 않았습니다. 이틀 거리에 금각사라는 암자가 있는데 그곳에 계십니다."

"내일 아침 바로 떠나지요."

궁비영이 마치 살자이가 곧 떠날 것처럼 말했다.

제4장
환생자

주남의 욕설을 뒤로하고 다음 날 아침 궁비영은 북산을 떠났다.

궁비영과 조금 더 함께하고 싶어 하던 주남은 욕설을 해대면서도 제법 큰 액수의 금자와 은자를 궁비영에게 건넸다.

그리고도 뭐가 못 미더운지 주남은 마치 아들 떠나보내는 어미처럼 이런저런 잔소리를 늘어놨다.

그에 비해 궁비영의 이별은 매정하리만치 단순했다. 장원을 잘 지켜달라는 말로 인사로 대신하고는 휑하니 주남을 떠난 것이다.

북산을 떠난 일행은 눈길을 뚫고 남쪽으로 이동했다.

"신기한 일이군. 어찌 북산에만 그렇게 많은 눈이 왔을까?"

문득 귀보전이 중얼거렸다.

북산에서 이틀 거리를 벗어나자 눈과 땅이 번갈아 보이기 시작했다. 북산은 여전히 무릎 높이의 눈이 쌓여 있을 텐데 남쪽은 금세 눈이 녹아 땅이 보이고 있는 것이다.

"북산의 지대가 높지 않소이까?"

서왕 옹완이 말했다.

"그렇다고 해도 같은 산서인데……."

귀보전이 여전히 미심쩍다는 표정으로 말했다.

"금각사는 어디 있습니까?"

궁비영은 폭설 이야기에는 관심이 없었다. 이상하게도 목불 살자이를 만나려는 마음이 다급해진다.

"이제 반나절 가면 됩니다."

"목불은… 어찌 보고 있더이까?"

이번에는 귀보전이 물었다. 그러자 서왕 옹완이 고개를 저으며 말했다.

"솔직히 나도 그 속을 모르겠소."

"서왕께서 모르신다면 누구도 그의 내심을 짐작하기는 어렵겠구려."

서왕 옹완은 유령문 제일의 두뇌로 꼽히는 사람이다. 야유사군조차도 난해한 문제가 생기면 반드시 옹완에게 그 의견을 물을 정도였다.

"처음에는 본 문에 큰 호의를 가지고 있는 줄 알았소. 과거 계명흑성께서 소남원에 잡혀 계실 때도 도움을 주었기 때문에 말이오."

"하긴 그때 그의 도움이 없었다면 계명흑성께선 소남원을 벗어나기 힘들었겠지요."

귀보전이 고개를 끄떡였다.

궁비영이 소남원에서 오죽노의 손에 잡혀 있을 때 목불 살 자이는 자신의 출도를 청하는 오죽노에게 궁비영을 만나는 것을 조건으로 내세웠다. 그 이유로 오죽노는 소남원에서 궁 비영을 데리고 나왔고 그 틈에 궁비영은 탈출을 했다.

그런데 알고 보니 목불 살자이가 오죽노에게 그런 요구를 한 것은 모두 서왕 옹완의 부탁 때문이었던 것이다.

"그런데 예전부터 유령문과 그분 사이에 인연이 있었습니까?"

문득 궁비영이 물었다.

"령주께서 그분을 아셨지요."

옹완이 대답했다.

"특별한 인연이었나 보군요?"

자신의 구명을 부탁할 정도면 보통 인연은 아닐 거란 생각에 궁비영이 물었다.

"음… 뭐 그렇다고도 할 수 있고, 또 어찌 보면 아무 인연이 아니라고도 할 수 있지요."

"……?"

"두 분의 인연은 어린 시절로 거슬러 올라갑니다. 당시 전 대 령주께서 지금의 령주님을 데리고 천하를 주유하고 계셨지요. 그러다가 곤륜 깊은 곳에서 마적 떼에 급습당한 한 마을에 들르셨습니다. 그곳에서 전대 령주께서 목불을 구하셨지요."

"구명지은이면 특별한 인연이지요."

궁비영이 말했다.

"하지만 그 일은 결국 전대 령주님과 목불의 개인적인 인연이니 전대 령주께서 돌아가신 이후에야 유령문과의 인연은 그리 대단한 것은 아니지요. 더군다나 당시 목불은 유령문에 드는 것을 거절했으니까요."

"그런 일도 있었나요?"

"전대 령주께서 보시기에 목불은 유령문의 문도가 되기 위한 모든 조건을 갖추고 있었지요. 며칠 같이 있으며 살핀 무재는 천하에서 찾아보기 힘들 정도고, 어려서 겪은 고난은 강한 심장을 갖게 해주었으며, 어린 나이에도 강단 있는 모습은 믿을 만한 심성을 지닌 재목이었던 겁니다."

"왜 그분은 유령문에 들기를 거절하셨을까요?"

궁비영이 의아한 표정으로 물었다. 구명지은을 입은 은인의 제안을 거절한 것이기 때문이었다.

"그건 목불에겐 이미 정해진 길이 있었기 때문이랍니다."

옹완이 대답했다.

"정해진 길이요?"

"그렇습니다. 서장엔 집안에 아이가 여럿 있으면 그중 한 명은 반드시 사원에 보내 라마를 만드는 전통이 있지요. 아마도 목불도 당시에 이미 사원에 들어가기로 정해져 있었던 모양입니다."

"그랬군요."

"일가가 몰살당해 천애고아가 된 상태에서도 그는 정해진 자신의 길을 가길 원했지요. 그때 그를 납살의 사원에 데려간 사람이 지금의 령주십니다. 물론 전대 령주님의 명으로 한 일이기는 해도 말입니다."

"정말 애매한 인연이기는 하군요."

궁비영이 빙그레 미소를 지었다.

"그렇지요. 인연이 있는 것도 아니고 없는 것도 아닌… 하지만 이후에도 두 분이 아주 가끔은 연락을 주고받았던 것 같습니다."

"그래요?"

"령주께서는 목불이 서장 라마교에서 큰 인물이 될 거라 예상하셨던 것 같습니다."

"언젠가는 유령문의 행보에 도움이 될 수 있을 거라 생각하신 모양이군요."

"그렇지요. 뭐 꼭 그것 때문만은 아니겠지만."

옹완이 고개를 끄떡였다. 그러자 궁비영이 다시 물었다.

"그럼 그분은 어떻습니까? 유령문에 대해 얼마나 알고 있지요?"

"아마도… 강호의 인물 중 가장 많이 알고 있을 겁니다. 제가 계명흑성님의 구원을 부탁하러 갈 정도로 말이지요."

"그렇군요. 그럼 그분에게 말을 조심할 필요는 없겠군요."

"그렇다고 해도 계명흑성의 탄생은……."

"안 되나요?"

"그 일은 절대 비밀입니다. 문내에서도 모르는 형제가 훨씬 많은 일이지요."

"알겠습니다."

궁비영이 순순히 대답했다.

일행이 반나절을 더 이동하자 험한 산비탈에 황하를 바라보며 지어진 작은 암자가 눈에 들어왔다. 중원의 암자치고는 그 모양이 조금 별스러운 절이었는데 살자이가 머물고 있다고 하니 어쩌면 서장 불교의 영향 아래 있는 절인지도 모르겠다고 궁비영은 생각했다.

세 사람이 금각사에 이르렀을 때 목불 살자이는 절문 밖 노송 아래에서 세 사람을 기다리고 있었다.

"어서들 오시오!"

세 사람을 발견한 살자이가 가벼운 미소로 일행을 맞이한다.

"어찌 저희들이 오늘 올 줄 아시고……?"

옹완인 놀란 표정으로 물었다.

"아침에 까치가 제법 울더구려. 반가운 손님이 오리라 생각했소이다."

"역시 목불이십니다."

"하하, 칭찬을 듣자고 한 말은 아니오. 그래… 무사하셨는가?"

살자이가 뒤늦게 궁비영을 보며 물었다. 인자한 웃음이 그의 눈가에 흐른다. 궁비영은 그 순간 마치 아버지 궁도요를 만난 듯한 느낌을 받았다.

"저야 덕분에. 스님께서는?"

생각지 않게 짧은 말이 흘러나온다. 마음과 다른 입이다.

"음, 나야 뭐 별일이 있겠는가? 그래… 고생을 좀 했다며?"

"약간……."

궁비영이 다시 말꼬리를 흐린다.

"음… 나이가 들긴 들었군."

살자이가 고개를 끄떡인다.

"그런데 이곳엔 어쩐 일로……?"

이상한 일이다. 그를 만나 반가우면서도 그 반가움을 입에 올리지 못하는 궁비영이다.

"자네 소식을 들었지. 한번 만나보고 싶어서. 자자, 안으로 들어갑시다."

목불 살자이가 일행을 안으로 이끌었다.

목불 살자이가 금각사와 깊은 인연이 있는 것은 분명한 듯 싶었다. 그를 마주치는 승려들은 하나같이 그를 존중했고, 그의 거처 역시 금각사에서 가장 좋은 방인 듯싶었다.

그저 지나가는 객승에 대한 대접이라고는 생각할 수 없는 모습이었다.

"그런데 금각사와는 어떤 인연이 있으신 겁니까?"

방으로 들어서며 서왕 옹완이 물었다.

"뭐, 서장의 라마들도 중원에 나오면 쉴 곳이 있어야 하니까."

"과연 그렇군요."

옹완이 예상대로라는 듯 고개를 끄덕였다.

"자, 앉읍시다."

살자이가 세 사람에게 자리를 권했다.

"일부러 절 찾으셨다고 들었습니다만……."

궁비영이 자리에 앉자마자 물었다. 하긴 가장 궁금한 일이기도 하다. 두 사람의 인연이 없는 것은 아니지만 이렇게 서왕 옹완에게 부탁해 만나려 할 만큼 깊은 인연은 아니었다.

"음… 그럴 일이 좀 있네."

살자이가 속 시원하게 말을 하지 않고 대답했다.

"저희가 자리를 비켜 드려야 할 것 같군요."

서왕 옹완은 눈치가 빠른 사람이다. 그러자 살자이가 웃으며 말했다.

"그럼 좋겠지만 지금은 아니오. 일단은 차나 한잔하고… 오늘은 예서 묵어가시는 것이 어떨지?"

"노숙보다야 낫지요."

서왕 옹완이 웃으며 대답했다.

네 사람은 두런두런 이야기를 나누며 차를 마셨다.

강호가 격변하니 이야깃거리는 끊이지 않았다. 그러면서도 민감한 이야기는 서로 모른 척하기도 했는데, 북산 제룡가의 가주 척담산이 죽은 일 같은 것이었다.

그렇게 한 시진이 지난 후 살자이와 궁비영이 밖으로 나왔다. 옹완과 귀보전이 자리를 비키려는 것을 굳이 살자이가 손님을 밖에 둘 수 없다면서 궁비영에게 산책을 제안했던 것이다.

금각사 주변의 수려한 풍경은 간혹 눈이 쌓인 곳이 있어 더더욱 신비롭다.

그 속에 서서 굽이치는 황하를 바라보고 있으니 마음의 상념이 모두 사라지는 것 같았다.

"그런데 정말 무슨 일로 절 부르신 겁니까?"

문득 걸음을 멈추며 궁비영이 물었다. 그러자 살자이가 조금 걱정스런 표정으로 물었다.

"북산의 일 자네들이 한 것인가?"

조금은 그늘져 보이지만 탓하려는 말 같지는 않았다.

"그렇습니다."

"자네가 주도한 것인가?"

"……."

침묵으로 부인하지 않는 궁비영이다. 그리고 그 순간 깨달았다. 자신이 어느 순간부터 마음이 불편했던 이유가 바로 척담산을 벤 그 일 때문이란 것을. 아마도 복수로서 행한 그 일이 무의식중에 그에게 제법 부담이 되었던 듯싶었다.

"자네의 표정이 좋지 않더군."

"번잡한 일이지요."

"음......."

번잡하디는 밀에는 세법 많은 의미가 내포되어 있음을 살자이가 모르지 않았다. 그러자 궁비영이 화제를 바꾸려는 듯 입을 열었다.

"아버지를 만났습니다."

"들었네. 만화도에 있다고?"

만화도까지 알고 있다면 살자이는 정말 유령문에 대해 모르는 것이 없는 듯싶었다.

"그렇습니다."

"잘 계시지?"

"그럭저럭......."

"자네들 두 부자가 왜 유령문에 의탁하게 되었는지는 서왕께 자세히 들었네. 그리고 그 이야기를 듣는 순간 난 몹시 후회를 했다네."

살자이가 아쉽다는 듯 말했다.

"아버지와 제가 유령문에 든 것이 잘못된 일이라는 겁니까?"

"아니, 그런 의미는 아닐세."

"하면......?"

"단지 내가 조금 늦었다는 생각 때문일세."

"......?"

궁비영이 무슨 뜻이냐는 듯 살자이를 바라봤다. 그러자 살
자이가 물었다.

"이상하지 않던가? 내가 자네에게 하는 행동들 말이야. 이
번 만남도 그렇고……."

"항상 궁금했지요. 선사께서 제게 해주신 일들은 가만히 생
각해 보면 무척 특별한 일들이지요. 천강지도 그렇고, 오죽노
를 움직여 소남원에서 절 데리고 나오게 한 일도 그렇고… 가
벼운 친분으로는 할 수 없는 일들인데. 스님과 전……."

그렇게 가까운 사이는 아니라는 말은 입 밖으로 내놓지는
않았다. 그러나 살자이 역시 그 말의 의미를 모를 리 없었다.

"맞네. 자네 부친과의 인연을 생각해도 조금 지나친 면이 있
지."

"이젠 이유를 말씀해 주실 수 있는 겁니까?"

"음… 저기 좀 가서 앉을까?"

살자이가 문득 소나무 아래 마른 바위를 가리키고는 먼저
그곳으로 걸음을 옮겼다. 궁비영이 묵묵히 살자이를 따라가
바위에 자리를 잡고 앉았다.

"자네 우리 서장의 불교가 어떤 식으로 후대를 이어가는지
들었는가?"

"그야 당연히 제자를 들이고……."

"그런 말이 아니라 교의 주요 수장들을 정하는 방식 말일
세."

그러자 궁비영이 고개를 갸웃하며 말했다.

"고승대덕을 모시는 일 말고 다른 방도가 있습니까?"

"음, 모르고 있군. 사실 우리 서장 불교는 아주 특별한 방식으로 교를 이어간다네. 바로 환생의 법을 통한 것이지."

처음 듣는 소리다. 어려서부터 북산에서 살아 서장 불교가 죽은 고승의 환생을 찾아 후인을 정하는 전통을 알지 못하는 궁비영이다.

"교의 뛰어난 인물이 세상을 떠난 후 일정한 시간이 지나면 반드시 다른 인물로 환생한다는 믿음에서 출발한 전통이네. 그래서 고승이 세상을 떠나면 한동안 그 환생인을 찾아다니는 것이 서장 불교의 큰 사명이기도 하지."

"그런 전통으로도 교가 이어지나요?"

특별한 능력을 지녔던 자의 환생은 사실 거짓말 같은 이야기다.

"자넨 환생을 믿지 않는군."

"믿고 안 믿고의 문제가 아니라 사람이 알 수 없는 일이니……."

"하긴 보통 사람이 보면 누군가를 현혹하기 위한 말인 것 같기도 하지. 아무튼 본 교는 그렇게 교의 수장들을 정한다네."

살자이의 말에 궁비영이 무심하게 고개를 끄떡였다. 자신과는 별 상관이 없는 이야기이기 때문이었다. 살자이가 말을 이었다.

"수십 년 전 본 교에 한 명의 뛰어난 무승이 나타나셨네. 신마 바탄이란 분인데 세상은 그 이름을 모르고 있지. 왜냐하면 그분은 평생 서장을 벗어나지 않으셨거든."

"그렇군요."

궁비영이 다시 무심하게 고개를 끄떡인다.

"그분은 제자를 여럿 두셨는데… 사실 제자라고 할 것도 없지. 그저 수련승들의 무공을 두루두루 보아주신 것이니까. 하지만 그중에 몇 명은 특별한 관심을 두셨네. 그들은 나중에 스스로 그분의 제자로 자처했지. 그들 중 한 명이 바로 마불이네."

"아!"

이제야 아는 이름이 나왔다. 마천육마의 일인, 궁비영 역시 한 번 마주쳤던 그의 이름이 살자이의 입에서 나온 것이다.

"그리고 내 스승께서도 그분의 제자 중 한 분이시지. 그러니 굳이 따지자면 마불은 나의 사백이 되는 것인데… 아무튼 그는 수도의 삶을 포기하고 야망의 삶을 위해 중원으로 왔다네. 그런데 그가 중원으로 오면서 못내 아쉬워한 일이 있네."

"그게 무엇입니까?"

마불의 이야기가 나오니 궁비영이 조금 흥미가 생겼다.

"바로 이 물건을 손에 넣지 못한 일일세."

살자이가 품속에서 한 권의 비급을 꺼냈다. 그 표면에 쓰인 글을 보니 궁비영도 아는 비급이다.

"무량보군요."

지난날 천하이도가 용두사에서 훔쳐냈던 것을 살자이가 회수한 바로 그 비급이다.

"기억하는군."

"워낙 요란을 떤 물건이니까요."

"후후, 그렇군. 자네도 그때 천하이도를 추격해 왔던 마불을 보았지?"

"그렇습니다."

"마불 정도 되는 사람이 비급을 쫓을 때는 보통 물건이 아니라는 말이지. 이 물건은 사실 세상 사람들이 생각하는 것보다 훨씬 대단한 물건이라네. 바로 신마께서 남기신 물건이니까."

"아, 그래서 그가……."

"맞네. 마불이 이 물건에 욕심을 내는 이유는 그가 신마의 무공이 얼마나 무서운지 가장 잘 알고 있는 사람이기 때문이라네."

"그런데 그 물건이 어떻게 용두사의 주지 스님 손에 있게 된 것입니까? 아니, 그때 천하이도의 말로는 마천의 시대 환마라는 자에게 있었다고 하지 않았나요?"

궁비영이 의아한 표정으로 물었다. 그도 그럴 것이 그렇게 귀중한 물건이라면 서장의 사원에 있어야 한다. 그런데 그 물건이 과거 마천의 시대 일대 거마였던 환마의 수중에 있었으니 이해할 수 없는 일이다.

"이 물건이 환마의 손에 들어간 이유 역시 마불 때문이네. 본래 무량보는 신마께서 입적하신 이후 본 교의 절대적인 보호를 받았네. 무량보에 실려 있는 무공의 대단함 때문이기도 하려니와, 자네도 알고 있듯이 이 무량보에 든 무공이 가지고 있는 특별한 위험 때문이지."

"마기에 현혹될 수 있다고 했던가요?"

"보통 사람은 수련할 수 없는 무공이지. 바탄 라마께서 신마라 불린 이유도 그것이네. 비록 한 번도 악한 일을 하지 않으셨지만 무공 자체가 너무 강렬해서 그리 불린 것인데, 그래서 바탄 라마께서도 이 비급을 그 누구에게도 전하지 않았던 것일세."

"불가를 떠난 마승에게는 아주 욕심나는 물건이었겠군요."

"그렇지. 하지만 마불은 감히 본 교에서 이 물건을 훔쳐 낼수 없었네. 무공도 무공이지만 여전히 서장 불교에 자신의 뿌리가 있다고 생각하고 있거든. 그래서 차선책으로 환마를 이용한 것이네."

살자이의 말에 궁비영이 고개를 끄떡였다.

"환마가 그 물건을 훔쳐 냈군요."

"그렇지. 마천의 마두들은⋯ 정말 놀라운 능력을 지닌 자들이라네. 환마가 무량보를 훔쳐 내는 동안 본 교는 전혀 그 사실을 눈치채지 못했다네. 나중에 중원에서 무량보를 둔 싸움이 일어났다는 소식을 듣고서야 무량보가 없어진 것을 알았을 정도니까."

"환마는 왜 마불에게 무량보를 전하지 않은 것이지요?"

"그 사정이야 나도 모르네. 어쩌면 무량보의 가치를 알고 스스로 욕심을 냈을 수도 있지. 아무튼 천변의 시기에 환마가 죽으면서 무량보는 어찌어찌 구천맹의 손에 들어갔지. 이후에는

자네도 알다시피 소림을 거쳐 용두사에 보관되었네. 본 교에
선 사실 그동안 무량보의 행방을 모르고 있었다네. 구천맹이
감추고 있었던 거지."

"구천맹도 무량보에 욕심이 있었던 건가요?"

"그건 잘 모르겠네. 무량보의 진정한 가치를 그들이 알 리
없으니까. 하지만 최소한 무량보를 이용해 본 교와 거래를 할
수는 있다고 생각했겠지."

"역시 믿을 수 없는 자들입니다."

궁비영이 눈살을 찌푸리며 말하자 살자이가 미소를 짓는다.

"그들에 대한 원망이 깊군."

"그들이 마천과 다른 점을 모르겠습니다."

"뭐 사람은 다 같지. 다만 그래도 구천맹도 중에 선인이 더
많다는 점이 차이랄까. 아무튼 그 이야기를 하자고 시작한 말
은 아니고. 신마 바탄 라마께서 입적하시면서 이런 유언을 남
기셨네. 자신의 환생자가 아니면 결코 무량보의 무공을 전하
지 말라고."

그제야 궁비영은 살자이가 처음에 환생에 대한 이야기를 꺼
낸 이유를 알았다.

하지만 역시 궁금한 것이 더 많았다. 도대체 이런 이야기를
왜 자신에게 하는 것일까.

"그리고 난… 그 환생자를 찾은 것 같네."

놀라운 일이다. 신마의 환생자를 찾았다니.

"그게 가능한 일인가요?"

궁비영이 믿을 수 없다는 듯 물었다.

"나도 불가능하다고 생각했었지. 그런데 세상에는 가끔 불가능한 일이 가능해지는 일이 벌어지지 않나."

"그는 지금 어디 있습니까?"

신마의 환생자라니 궁비영도 궁금해지기는 한다. 그런데 살자이의 입에서 궁비영을 더욱 놀래키는 말이 흘러나왔다.

"바로 내 눈앞에 있네."

"……?"

궁비영이 어리둥절하다가 이내 살자이의 말뜻을 깨달았다.

"저란 말입니까?"

살자이가 고개를 끄떡였다.

"하하!"

궁비영이 아주 오랜만에 시원한 웃음을 터뜨렸다. 농치고는 너무 지나치다 싶기도 했다. 그러다가 살자이의 눈빛을 보고는 이내 그가 농담을 하고 있는 것이 아니라는 것을 깨달았다.

"신마라는 분은 서장 사람입니다. 그런데 이역만리 떨어진 중원에서 그 환생자를 찾았다니요. 그게 말이 된다고 생각하십니까?"

"물론 자네가 받아들이기 어렵다는 것은 아네."

살자이가 수긍했다.

"도대체 왜……?"

"나도 무척 신중하게 이 문제를 생각했다네. 자네에게서 바탄 라마의 환생자가 가지고 있는 특징을 본 이후에도 바로 말하지 않았을 정도지. 이후 자네의 과거 행적들을 알아보았네. 뭐 과거 자네 부친과의 인연이 있어서 자네에 대해 알아보는 것은 그리 어려운 문제는 아니었지. 사실 내가 금각사에 머문 것은 제법 오래되었네. 북산과 가까운 이곳에서 자네에 대해 알아보기 위함이었지."

살자이의 말에 궁비영은 살자이가 진심으로 자신을 신마 바탄의 환생자라고 지목하고 있다는 것을 알아챘다.

"근거를 좀 들어볼까요? 뭐, 그런다 해도 전 동의할 생각이 없지만……."

"몇 가지 갖춰야 할 조건이 있네. 먼저 바탄 라마께서 입적하신 해에 태어나야 한다는 것과 그분과 생김새가 비슷한 것도 그런 조건 중 하나지. 물론 생김새는 꼭 중요한 것은 아니지만……."

"제가 그분과 닮았나요?"

궁비영이 물었다.

"아주 많이. 처음 자네를 보았을 때 난 무척 놀랐다네. 물론 자네 부친도 바탄 라마를 닮았지. 하지만 두 사람은 같은 시절을 살았으니 환생자일 수는 없고……."

"그래서 절 알아보신 거군요."

지금 생각해 보면 당시 곤륜에서 단지 궁도요를 닮았다는 이유로 궁비영을 알아봤다는 것은 쉬운 일이 아니었다. 아마도 살자이는 궁비영에게서 궁도요가 아닌 신마 바탄의 모습을 먼저 봤을 터였다.

"맞네. 바탄 선사의 모습을 닮은 자네를 발견한 후에 금세 자네 부친을 떠올렸고, 자네가 구천맹의 사람이고 북산에서 왔다는 것을 확인하는 순간 두 사람이 친족 관계라는 것을 확신했지."

살자이의 말에 궁비영이 고개를 끄떡이다가 이내 정색을 하며 다시 물었다.

"그럼 이젠 결정적인 이유를 말씀해 주시지요. 그해에 태어난 사람은 세상에 수십만 명은 될 테고 그중 바탄 라마와 닮은 사람도 한둘이 아닐 겁니다."

"그렇지. 하지만 지금 말하는 특징을 가진 사람은 아마 없을 걸세."

"무엇입니까?"

"자네 오른쪽 어깨 위에 초승달 모양의 괴골이 있지 않나?"

"그걸 어떻게?"

궁비영이 화들짝 놀랐다.

"환생자를 찾는 자의 눈은 항상 날카롭다네."

살자이의 말처럼 궁비영의 오른쪽 어깨뼈는 그 형태가 다른 사람과 달랐다. 초승달 모양으로 웃자란 뼈가 어깨 뒤쪽으로 도드라졌는데 어렸을 때 중광과 주남은 그 뼈를 보고 날개가 돋을지도 모른다고 놀리곤 했었다.

"하지만 이런 기형의 뼈를 가진 사람이 저만은 아니지 않습니까? 아버지께 들으니 무인 중에는 이런 사람이 제법 있다고 하던데요?"

궁비영이 물었다.

"물론 그렇다네. 그러나 그 모양이 중요해. 서장에선 그걸 신조골이라 부르네. 누군 익골이라고 부르기도 하지."

"익골이 더 어울리는군요."

"그런가? 하지만 정확히 말해 익골과 신조골은 다른 것이네. 익골이야 자네와 같이 기형적인 어깨 골격을 가진 사람들을 총칭하는 것이지만 신조골은 그 모양이 완벽한 초승달 모양인 것을 가리키는 것이지. 그건… 쉽게 찾아볼 수 없는 것이네. 아무튼 바탄 라마께서 말씀하시길 자신의 환생자는 수천 리 떨어진 중원의 큰 산 아래에서 신조골을 타고날 거라 했거든."

사람이 미래를 볼 수 있을까? 궁비영으로선 믿을 수 없는 이야기다. 전설처럼 고승대덕들이 자신의 환생을 예언했다는 옛이야기를 들은 적은 있지만 이렇게 명확하게 누군가를 지목하는 환생 이야기는 들은 적이 없었다.

"그래서 정말 제가 그분의 환생자라 생각하시는 겁니까?"

궁비영이 물었다.

"내 진심을 듣고 싶나?"

살자이가 되물었다.

"그렇습니다."

궁비영이 고개를 끄떡였다. 그러자 살자이가 대답했다.

"솔직히 말해 나로선 알 길이 없네. 난 도를 깨우친 아라한도 아니고, 불법을 따르고 있다지만 자네도 알다시피 계율을

어기고 여인을 마음에 둔 적도 있지. 이런 내가 환생의 진실을 알 수 있는 혜안이 있겠는가?'

"하면……?"

"난 단지 본 교의 전통을 따를 뿐이고 바탄 라마의 유언을 믿을 뿐이네. 그리고 사실… 자네가 바탄 라마의 환생인지 아닌지는 내게 중요하지 않네."

"그건 또 무슨 말씀이십니까?"

"난 자네를 서장으로 데려갈 생각이 없다는 말일세. 만약 본 교의 대법사님들께 자네 이야기를 하면 어떻게 해서든 서장으로 데려오라 할 것이네. 신마의 환생자가 존재한다는 것은 본 교의 수호승이 존재한다는 것과 다른 말이 아니니까. 하지만 난 자네에게 그걸 강요할 생각은 없네."

"그럼 굳이 왜 저를 찾으신 겁니까?"

궁비영이 의아한 표정으로 물었다.

"환생의 법이 사실이든 아니든 나로선 신마의 유훈을 따라야 하니까."

"무슨 유훈입니까?"

"바로 이 비급을 전하는 일이지."

"무량보를 말입니까?"

"바탄 라마께선 자신의 환생자를 찾으면 무량보를 전하라고 했었네. 그 이외의 경우에는 절대 누구에게도 전할 수 없는 물건이라 하셨지."

"제가 서장에 가지 않아도 그 무공을 전하시겠다는 말입니까?"

"그렇다네. 하지만 그 경우에는 한 가지 조건이 있지."

"……?"

"난시 비급을 읽고 그 안의 내용을 머리에 담을 수는 있어도 비급 원본은 줄 수 없다는 것이네. 공식적으로 환생자로 인정되지 않는 이상 무량보는 본 교로 돌아가야 하니까."

그러자 궁비영이 잠시 생각에 잠겼다가 물었다.

"그러실 바에야 처음부터 굳이 절 부르실 필요가 없지 않습니까?"

"후후후, 처음엔 그럴 생각이었네. 그래서 천하이도의 손에서 무량보를 취할 때 자네에게 이 이야기를 하지 않았던 거야. 그런데 시간이 지나면서 한 가지를 확인하고 싶었다네."

"무엇을 말입니까?"

"신마 바탄 라마의 무공을 내 눈으로 보고 싶었다네. 정말 그토록 대단한 무공인지 말이야. 이래서 내가 도를 이룰 수 없는 거야. 후후."

살자이가 나직한 미소를 흘린다.

"호승심이십니까?"

"아니, 그냥 궁금할 뿐이네. 어떤가. 한 며칠 같이 있으면서 무량보를 읽어 보겠나?"

살자이가 물었다. 그러자 문득 궁비영도 이 전설적인 서장 고수의 무공이 궁금해졌다.

"제가 마기에 휩싸일 가능성은 없을까요?"

무량보의 폐해에 대한 걱정이다.

"그야말로 바탄 라마의 예언을 믿는 수밖에."

"이제 보니 스님은 도박을 즐기시는군요. 사람의 인생이 걸린 문제인데."

"하하하, 인생사 다 그런 것 아니겠나. 내일 일이야 누구도 모르는 것 아닌가?"

궁비영은 보름 동안 금각사에 머물기로 했다. 목양의 싸움이 일어나려면 제법 시간이 걸릴 터이니 급한 일은 없었다.

목양 싸움에 대한 유령문의 대응은 문주 야유사군의 결정이 있어야 한다. 전서구를 날렸지만 만화도에서의 결정이 중원에 전해지기까지는 여러 날이 걸릴 터였다.

그래서 궁비영은 무량보를 보기로 했다.

무량보를 보는 일은 살자이와 그만의 비밀이었다. 가까이에 서왕 웅완과 동왕 귀보전이 있었지만, 그들은 신마 바탄이나 혹은 그가 남긴 무량보, 그리고 바탄의 환생에 대한 이야기에 대해서는 전혀 알 수 없었다.

대신 그들은 살자이가 궁비영 부자에 대해 특별한 호의를 가지고 있다고 생각했다. 궁비영을 통해 궁도요의 소식을 알고, 또 무공에 대한 약간의 조언을 궁비영에게 하기 위해 금각사로 불렀다는 정도로 생각하고 있었다.

그러면서 한편으로는 그런 살자이의 호의가 사실은 궁비영에게 별 도움이 되지 않을 거라고들 생각했다.

왜냐하면 궁비영은 그들이 생각하는 최고의 무공, 화인 노송의 무공을 이어받은 계명흑성이기 때문이었다.

그러나 그렇다고 살자이와 시간을 보내겠다는 궁비영의 결정을 반대할 이유도 없었다. 꼭 무공의 전수가 아니라도 서장 불교의 거목인 목불 살자이와 인연을 맺는 것은 유령문의 행보에 도움이 되면 되었지 손해날 것은 없기 때문이었다.

더군다나 살자이로 인해 궁비영이 오죽노의 손에서 탈출했으니 그는 궁비영의 생명의 은인이기도 했다.

궁비영이 금각사에 머문 지 오 일째 되던 날 서왕 옹완이 금각사를 떠났다. 서왕 옹완은 유령문주 야유사군을 제외하고는 유령문에서 가장 중요한 인물이다.

먼 동해의 한가운데 있는 만화도에 칩거하는 야유사군을 대신해 대륙에 나와 있는 유령사들을 실질적으로 움직이는 사람이 바로 그였기 때문이다.

"어떠한가?"

서왕 옹완이 떠난 후 다시 오 일이 지났을 때 문득 목불 살자이가 물었다. 그날이 궁비영이 무량보의 비급을 완전히 외운 날이었다.

무량보에 들어 있는 글자 수는 모두 육백이십 자. 그 글을 열흘 안에 모두 외웠으니 궁비영의 머리도 그리 나쁜 편은 아니었다.

"글쎄요."

궁비영이 말꼬리를 흐렸다.

"하긴 비급을 외우는 것만으로도 짧은 시간이었으니 그 내용을 살피는 것은 어려웠겠지."

"한 가지 분명한 것은 있습니다."

"뭔가?"

"절대 다른 사람에게는 이 비급을 보여주지 마십시오."

"역시 그러한가? 수련하면 폐해가 있겠던가?"

"그런 것이 아니라… 너무 무서운 무공입니다."

"그렇게 대단하던가? 내가 보기에 자네 무공은 지금도 강호에서 적수를 찾기 힘들 것 같던데……?"

살자이는 고수다. 그는 이미 궁비영이 처음 그를 만났을 때와는 전혀 다른 경지에 이르러 있다는 것을 알고 있었다.

"이 무공은… 힘으로 사람을 상대하는 무공이 아닙니다."

"역시 그러하군."

살자이가 짐작하고 있었다는 듯 대답했다.

"제가 세상에서 본 무공 중 가장 기이한 무공이기도 합니다."

"유령문의 무공보다 더 말인가?"

"그렇습니다."

"그렇게 말하니 정말 궁금하군."

"그럼 한번 보시는 것은?"

궁비영의 말에 목불 살자이가 얼른 고개를 젓는다.

"아닐세. 한 번 계율을 어긴 것으로 족하네. 이번에도 어긴다면 난 파문이야."

살자이가 빙그레 미소를 지었다. 젊은 시절 사천 청마표국주의 딸과 가졌던 인연을 이야기하는 것이다

그러사 궁비영이 다시 무량보에 대한 이야기로 화제를 돌렸다.

"이 무공은 환술과 비슷합니다."

"그런가?"

살자이가 조금 불편한 표정을 보였다. 기껏 보호해 온 절대의 무공이 환술이라니. 그의 생각과는 너무 다른 이야기다. 그로서는 절대의 신공이 담겨 있을 것을 기대했었다.

그런데 환술이라면 정통을 벗어난 무공이다. 사술에 가까울 수도 있다. 그러니 무인으로서는 드러내 놓고 자랑할 수 있는 무공이 아니었다.

"그래서 이 무공을 수련치 못하게 한 것일까?"

살자이가 중얼거렸다. 그러자 궁비영이 말했다.

"하지만 보통이 환술과는 또 다르지요."

"무슨 말인가?"

"이건 무공이라기보다는 경에 가깝습니다."

"불교의 교리를 남기신 거란 말인가?"

"아마도 신마께서는 노년에 다시 불자의 본분으로 돌아가신 듯합니다. 무량보는 말 그대로 하자면 거칠 것이 없다는 의미가 아니겠습니까?"

"그렇지. 혹은 가치를 논할 수 없다는 뜻도 되고."

"결국 그건 깨달음에 관한 이야기지요."

궁비영이 말했다.

"음… 그럼 왜 금기의 무공이라 하셨을까?"

"이런 구절이 있더군요. 무량보를 수련하는 궁극적인 목적은 정신을 단련해 깨달음에 이르게 함이다. 무공으로 보자면 단련된 정신만큼 무서운 것이 없다. 마음으로 적을 제압하고 눈빛으로 산을 쪼갠다. 그러니 경계하고 또 경계해야 할 일이다. 라고 말입니다."

"그럼 그 말은……?"

"심공을 이르는 말인 것 같습니다."

"음… 기세로써 적을 제압할 수 있다는 뜻이군."

"심약한 자를 대하면 이성을 상실하게 만들 수도 있겠지요."

"마공이로다!"

살자이가 탄식을 흘렸다.

"무공으로 보자면 그렇지요. 불가의 수련으로 보자면… 깨달음에 이르는 지름길 같은 것이 아닐지……."

궁비영이 말꼬리를 흐렸다.

"그런 무공이니 세상에 내놓으려 하지 않으셨겠지. 방편이기는 하나 정도는 아니라서……."

살자이가 고개를 끄떡였다. 그러자 궁비영이 아미를 모으며 중얼거렸다.

"그런데 이 무공과 신조골이 무슨 관계가 있는지 모르겠습니다."

"음, 이제 생각하니 거기에는 이유가 있네."

살자이가 뭔가 짐작이 간다는 듯 말했다.

"이유를 아시겠습니까?"

"본 교에 이런 말이 있네. 신조골을 타고난 자는 결코 마(魔)에 물들지 아니한다."

"그건 또 누가 한 말입니까?"

"글쎄, 그건 나도 모르겠네. 오래전부터 본 교에 전해진 말이지. 아무튼 바탄 라마께서는 그 격언을 믿으신 모양이군. 물론 그분 스스로 신조골을 가지신 분이였으니 신조골에 다른 효용이 있다는 것을 알고 계셨을 수도 있고……."

"아무튼 마인이 손에 들어가면 위험한 물건인 것은 맞습니다. 무량보로 수련한 강력한 심공은… 사술의 섭혼공보다도 무서울 테니까요."

"알겠네. 다시 이 무량보가 세상에 나오는 일은 없을 걸세. 그런데… 자넨 무량보를 수련할 건가?"

"이미 선택의 여지가 없습니다."

궁비영이 말했다.

"그건 또 무슨 말인가?"

"한 번 머릿속에 들어가는 순간부터 계속 떠올리게 되는군요. 마치 뭐에 중독된 것처럼 말입니다."

"무서운 비결이로다."

살자이가 다시 탄식을 흘렸다. 그러자 궁비영이 미소를 지으며 말했다.

"제가 마의 길에 들어서지 않기를 바랄밖에요. 그리고 또 모든 것을 내려놓아야 완성될 무공 같기도 하니 어쩌면 제가 유령문에서 배운 무공의 살기를 통제하는 데에도 도움이 될 듯합니다만……."

"이이제이란 건가?"

"두 무공 모두 굳이 마공이라 칭할 것은 아니지요."

궁비영이 빙그레 미소를 지었다.

궁비영과 동왕 귀보전은 정확히 보름이 되던 날 금각사를 떠났다.

제5장

전운(戰雲)

　생각보다 일이 커졌다. 소문주 송교연까지 만화도에서 강호
로 나왔다.

　목양은 아직 멀리 있었다. 어쩌면 금각사에서 보다 조금 더
멀어졌을 수도 있다. 만화도에서 나온 사람들을 만나기 위해
장강 부근으로 이동했기 때문이었다.

　한겨울 추위가 남쪽 지방까지 이르러 있었다. 그러나 장강
에는 여전히 배가 뜬다. 강의 하구에서 올라오는 배들은 전장
에 나가는 전선들처럼 기세가 당당하다.

　그 모습을 보고 있던 궁비영이 말했다.

　"그런 결정을 하실 줄은 몰랐습니다."

　"령주님 말씀이십니까?"

귀보전이 되물었다.

"그렇습니다."

"음… 저 역시 조금 놀라기는 했지요. 하지만 무양의 싸움에서 구린맹이 대승을 거두면 결국 유령문도 위험해질 테니까요."

"이 일의 끝을 어찌 맺어야 할지 그걸 모르겠습니다."

다시 궁비영이 말했다.

"결국은… 오죽노가 죽어야겠지요."

"단지 그를 죽이는 일이라면 외려 북산에서 좋은 기회가 있었지요. 그의 수행원은 몇 되지도 않았습니다."

"끝은 그의 죽음이라도 그가 죽는 것으로 문제가 해결되는 것은 아니니까요. 구파와 마천이 우리 유령문의 존재를 인정하고 과거의 잘못에 대한 대가를 치러야 하는 문제입니다. 그래서 균형이 필요한 것이지요. 그리고… 사실 그를 베는 일이 그리 쉽지 않을 수도 있습니다."

귀보전이 정색을 하며 말했다.

"역시 육혈무성의 무공 때문인가요?"

"그렇습니다. 그리고 그의 과거를 확인하기 전에는 쉽게 그를 도모할 수 없지요."

"그가 육혈무성의 무공 중 네 개를 탈취했다고 했습니까?"

"정확히 뇌마 혜불각의 파혼공, 검성 감우량의 자하검법, 양왕 염혁의 태양도법, 벽력권 공선묵의 천왕권, 이 네 개의 무공을 가져갔습니다. 하나같이 천하를 도모할 수 있는 무공들이지요. 그중에서도 령주께선 파혼공을 제일 걱정하고 계십니다."

"파혼공이요?"

"그렇습니다. 육혈무성 중 뇌마 혜불각의 무공인데 극에 이르면 안광으로 사람을 죽일 수 있다는 무공이지요. 그 무공은 섭혼의 능력도 있어서 그것이 오죽노의 손에 들어간 것을 령주께서 무척 걱정하셨습니다."

"그런 무공이 있었군요."

"육혈무성의 시대에 뇌마는 사실상 그들의 우두머리 노릇을 했습니다. 천재적인 두뇌와 파혼공으로 다른 무성들조차 그를 두려워했다고 합니다. 령주께서 말씀하시길 전설 속의 뇌마 혜불각과 오죽노는 무척 닮은 듯하다고 하더군요. 그래서……"

"…그래서 그를 배척했다는 것입니까?"

"그건 아니고, 그래서 그의 과거를 중요하게 생각하는 겁니다."

귀보전이 심각한 표정으로 말했다.

"설마 그가 뇌마의 후인일 거라 생각하시는 건가요?"

"그럴 수도 있지 않을까 하는 생각을 하셨습니다. 물론 당시에 육혈무성의 일족은 그 주인들이 죽은 후 천하무림의 공적으로 몰려 몰살당했지만 그중 살아남은 후손이 없을 거라고는 장담할 수 없지요."

"음……"

귀보전의 말에 궁비영이 나직한 침음성을 흘렸다. 그러자 귀보전이 다시 말을 잇는다.

"더군다나 오죽노는 마곡산에서 다른 것은 놓아두고 육혈무성의 부공을 가져갔으니 그들에 대해 이미 자세히 알고 있었다는 말이 됩니다. 유령문에 대해서도 말이지요."

"그들을 알고 있다면 욕심을 낼 만한 이유가 되지요. 유령문에 대한 관심 또한 그렇고요."

"그렇습니다. 결국 육혈무성의 시대를 끝낸 것이 화인 노송조사시니까요."

"신중해야겠군요."

"맞습니다. 그래서 그를 함부로 상대할 수 없다는 것입니다. 완벽한 기회를 잡아야 하고, 또 그의 정체를 확인해 천하인이 그에게 등을 돌리게 만들 수 있다면 그게 최선이지요."

"쉬운 일이 아닙니다. 구천맹은 이미 그의 머리에서 움직이고 있습니다."

"아무튼 살수를 쓰는 것은 최후의 선택입니다. 위험을 감수해야 하는 일이니까요."

"그렇군요."

궁비영이 고개를 끄떡였다.

그때 배 한 척이 방향을 틀어 두 사람이 있는 강기슭으로 다가왔다. 그리 크지 않지만 무척 단단해 보이는 배는 검은색으로 배 밑면을 칠했고, 위쪽은 회색빛이 돈다. 본래보다 크기가 작아 보이게 하기 위함인 듯 보였다.

"어르신!"

배가 강기슭에서 십여 장 거리를 두고 멈춰 서자 배 위에서 중년의 사내 한 명이 동왕 귀보전을 보며 고개를 숙였다.

눈에 익은 자다.

"말이나 보살피던 사람이 배를 몰다니 신기한 일이군요."

궁비영이 웃으며 말했다. 그러자 귀보전도 미소를 지었다.

"그야말로 다재다능한 사람이지요."

그때 배 위의 사내가 다시 입을 열었다.

"오르시지요?"

사내의 이름은 전남산, 과거 성도 구화방에서 마방주로 일하던 사람이다. 그 역시 유령문의 유령사였다.

"사다리도 없이 말인가?"

"하하! 설마 정말 사다리가 필요하신 것은 아니시지요?"

전남산이 웃으며 대꾸했다. 그러자 귀보전이 궁비영을 돌아보며 말했다.

"저 친구는 장난도 심하지요. 어쨌든 오르시지요."

귀보전의 말에 궁비영이 고개를 끄떡이고는 서슴없이 강물을 향해 몸을 날렸다.

궁비영의 두 발이 강물에 닿을 듯 스치면서 미끄러지듯 배를 향해 다가갔다. 그리고 한순간 그의 신형이 허공으로 떠오르더니 마치 낙엽이 바람에 날리듯 가볍게 배 위에 올라선다.

그 모습을 보고 있던 동왕 귀보전과 배 위의 전남산이 모두 놀란 표정을 짓는다.

"역시 계명흑성이란 건가? 어떻게 그 짧은 시간에……."

귀보전이 부러운 듯 탄식을 흘렸다. 그러고는 자신도 배를 향해 몸을 날렸다.

귀보전은 처음부터 허공을 높이 날아 배로 다가갔다. 허공에서 한 번 제비를 돌았고, 두 발로 교차하며 세 번 발등을 찼다. 그러고는 가볍게 배 위에 내려섰다.

"두 분 다 사람 놀래키는 재주를 가지셨군요."

전남산이 귀보전과 궁비영을 보며 말했다.

"이 사람, 말조심하게. 나야 상관없지만……."

귀보전이 얼른 주의를 준다.

"저 역시 외려 편하고 좋습니다. 그간 잘 지내셨습니까?"

궁비영이 전남산에게 물었다.

"역시 아량이 넓으십니다. 저야 뭐 구화방 마굿간에서 벗어난 것만으로도 행복한 시절을 보냈지요."

"지루하셨던 모양이십니다."

"직접 보지 않으셨습니까?"

전남산이 미소를 지으며 말했다. 그러자 귀보전이 두 사람의 대화에 끼어들었다.

"소문주께선?"

"선실에 계십니다."

"음, 가세."

귀보전의 말에 전남산이 두 사람을 데리고 배의 선실로 향했다.

송교연의 모습을 처음 보았을 때 궁비영은 자신도 모르게 '아버지는요?' 라고 물을 뻔했다.

그러나 강호에서 송교연은 만화도에서의 그녀가 아니다. 누구보다 차갑고 냉정한 송교연이다.

"어서들 오세요."

선실로 들어서자 송교연이 자리에서 일어나 두 사람을 맞이했다. 오랜만에 보는 남왕 적하연도 함께 있었다.

"먼 길인데 편히 오셨습니까?"

귀보전이 송교연에게 물었다.

"배 안에 앉아만 있으면 되는 일인데요. 잘 지냈나요?"

송교연이 궁비영에게 물었다. 목소리에서 숨길 수 없는 따스함이 느껴진다.

"동왕께서 도와주신 덕분에……."

궁비영이 말꼬리를 흐렸다. 그러자 궁비영의 마음을 짐작했는지 송교연이 다시 입을 열었다.

"아버님은 잘 지내고 계세요."

"여전히 나오지 않으시겠답니까?"

"문주님과 바둑 두시는 재미에 푹 빠지셨지요."

그러자 곁에 있던 귀보전이 말했다.

"두 분만이 오직 세상의 낙을 즐기고 계시는군요."

"모두 부러워하죠. 그건 그렇고, 목양의 사정은 어떤가요?"

"들어온 소식으로는 일단 싸움은 비산문과 자부문의 고수들로 시작할 것 같습니다."

그러자 송교연이 고개를 갸웃했다.

"필패일 텐데요?"

"느러난 상황으로 보면 그렇지요. 하지만 당문과 무당의 일부 고수 역시 은밀히 움직였다고 하니 그들이 어떤 역할을 할지는 모르는 일이지요. 또한 결국엔 제룡가의 정예들이 올 것입니다."

"제룡가는 이제 온전히 오죽노의 수족이 되었군요."

"우리가 조금 도와준 면도 있지요."

제룡가주 척담산을 제거한 일을 두고 한 말이다.

"어쨌든 그 일로 인해 오죽노의 계획이 변했으니 일은 성공적이라고 할 수 있지요."

송교연이 그 일에 부담을 갖지 말라는 듯 말했다. 궁비영은 무심한 표정으로 말이 없다. 그러자 침묵하던 남왕 적하연이 말했다.

"서왕님을 만나봐야겠지만 그가 목양의 싸움을 승리로 이끌려면 크게 두 가지 계책을 쓸 겁니다."

"어떤 계책을 쓰겠소이까?"

귀보전이 물었다.

"하나는 구천맹의 고수들을 은밀히 움직여 사방에서 목양을 포위, 그들을 고립시키는 것이지요. 그리되면 결국 목양의 마천 세력은 스스로 목양을 떠나든지, 아니면 건곤일척의 승부를 보려하든지 선택을 할 수밖에 없어요. 길이 끊겨 더 이상 목양에 머물 수 없을 테니까요."

적하연의 말에 장내의 사람이 모두 고개를 끄떡인다. 가장 현실적인 계책이다.

"두 번째 계책은 뭔가요?"

송교연이 물었다.

"두 번째 계책은 비산문과 자부문의 고수들을 동원해 작은 싸움을 벌인 후 그들을 함정으로 유인하는 것이지요."

"일부러 패해서 말이오?"

귀보전이 물었다.

"그래요. 그것이야말로 오죽노가 가장 즐겨 쓰는 계책이죠."

"하지만 마천에서 속지 않을 겁니다. 아직도 그들은 월곡투를 기억하고 있을 테니까요."

송교연이 말했다.

"맞습니다. 그래서 제 생각에는 첫 번째 계책을 쓸 것 같습니다. 아마 당문과 무당의 일부 고수가 은밀히 움직인 이유도 그 때문이 아닐까 합니다만……."

"남쪽이 남아 있지 않소?"

귀보전이 물었다.

"봉황문을 움직이겠지요."

"음… 하긴 장강을 타고 올라가면 금세 목양이니……."

귀보전이 고개를 끄떡였다.

"중요한 것은 이 싸움에서 구천맹이 패배해야 한다는 겁니다."

송교연이 말했다.

"마천이 한 번 득세하면 그 기세를 꺾는 것은 어려운 일입니다."

귀보전이 걱정스런 표정으로 말했다. 그러자 송교연이 고개를 끄떡였다.

"물론 마천의 군림은 강호무림을 위해 좋지 않지요. 그러나 적어도 위기를 겪어야 구천맹이 다시 유령문을 찾을 겁니다."

"설마 다시 구천맹과 손을 잡겠다는 것입니까?"

귀보전이 화들짝 놀란 표정으로 물었다. 한 번 배신을 한 자들이 아닌가? 그런 자들을 다시 믿을 수는 없는 일이다.

"그들로 하여금 가장 중요한 것을 포기하게 만들겠어요. 그들을 돕는 조건으로."

"무엇을 말입니까?"

귀보전이 여전히 반대의 의사를 보이며 물었다.

"오죽노… 그들 스스로 오죽노를 버리게 만들겠어요. 오죽노는 세상에서 가장 비참한 모습으로 우리 앞에 서야 합니다. 아니면 숨겨진 자신의 진실한 정체를 드러내겠지요."

송교연의 말에 귀보전은 더 이상 말을 하지 않았다. 오죽노가 구천맹의 버림을 받는 것, 그것만큼 완벽한 복수는 없기 때문이었다.

배는 계속해서 장강을 거슬러 올라가다가 동정호 부근에서 북쪽으로 향했다. 장강의 작은 지류를 타고 오르는 길은 평화로웠다. 아니, 정확히는 궁비영에게만 그랬다.

밤이면 사방에서 전서구가 날아들었다. 유령문은 낮보다 밤에 분주한 문파다. 낮이면 전서구의 움직임이 읽힐 수 있기에 유령문의 전서구들은 철저히 밤에 움직였다.

전서구로 전해진 천하의 소식 역시 소란스럽기는 마찬가지였다. 드디어 구천맹이 마천을 향해 다시 한 번 칼을 빼 들었기 때문이다.

마천이 처음 모습을 드러냈던 사천 성도에서의 큰 싸움 이후 다시 한 번 두 세력이 정면으로 충돌할 양상을 보이기 시작했다.

이 싸움에 관여치 않는 중소 문파들은 숨을 죽이고 가문의 문을 걸어 잠그면서도 한 곳에서 시선을 떼지 못했다.

그곳은 바로 목양이었다.

목양은 호남과 호북의 경계에서 서쪽으로 치우친 곳에 위치한다. 사천의 경계에서도 그리 멀지 않아 어찌 보면 교통의 요지일 것도 같지만 사실 사람들의 왕래가 그리 많은 곳은 아니었다.

이유는 하나, 목양의 지세가 워낙 괴이롭고 험하기 때문이었다.

대부분 산으로 이뤄진 지형이었는데 산 자체는 그리 높지 않았다. 대신 목양의 산들은 대부분 험준한 석봉들을 가지고 있었다. 어떤 곳은 산 전체가 바위인 곳도 있었다.

그뿐이 아니었다. 산과 산 사이에는 깊이를 알 수 없는 협곡이 거미줄처럼 이어져 있었다.

길이라야 겨우 사람 두서넛 지나갈 정도의 넓이밖에 되지 않았다. 도저히 상행이나 큰 규모의 사람이 이동할 수 있는 지형이 아니었던 것이다.

그런데 세상에는 그런 땅이 외려 유용한 사람들이 있었다. 바로 무림인이다.

세인의 접근이 없으면서도 천하사방으로 나아갈 수 있고, 거칠지만 협곡을 통해 물길도 이어져 있다. 보통 사람이라면 도저히 살아가기 힘든 곳이지만 무인들에게는 세상에서 가장 좋은 조건의 땅이랄 수도 있는 것이다.

그곳을 마천이 차지하고 있었다.

목양의 마천 세력은 구천맹에서 보자면 눈엣가시 같은 존재였다. 험지에 위치했으니 공격하기가 만만치 않고, 그대로 두자니 몇몇 문파와 거리가 너무 가까웠다. 언제라도 목양에서 뛰쳐나와 구파 중 일부를 공격할 수 있었다.

그리고 그 위협을 가장 직접적으로 느끼는 곳이 바로 비산문과 자부문이었다. 목양의 마천 세력들을 공격하는 데 두 문파가 앞장선 이유기도 했다.

구구구!

어두운 밤의 정적을 깨며 비둘기 한 마리가 유령문의 배로 날아들었다. 웬일인지 오늘 밤은 모든 사람이 깨어 있었다.

전서구를 받아낸 사람은 남왕 적하연이다.

"서왕께서 보내신 겁니다."

적하연이 전서를 살피며 말했다.

"왔군요."

송교연이 기다렸다는 듯이 말했다.

"역시 예상대로인 것 같습니다."

적하연이 전서구를 송교연에게 건네며 말했다. 그러자 송교연이 전서구를 들고 그 안의 내용을 살폈다.

"그렇군요. 보급로를 끊는 것은 무당과 당문, 그리고 봉황문의 몫이군요."

"비산문과 자부문이 상대의 손발을 묶어놓고 그사이 길을 막겠다는 것이지요."

적하연이 대답했다.

"그럼… 우린 길을 뚫어줘야겠군요."

"어디로 움직이시겠습니까?"

동왕 귀보전이 물었다.

"세 곳 모두 길을 내겠어요."

송교연이 대답했다. 그러자 적하연과 귀보전의 표정이 변했다.

"무리가 아닙니까? 동시에 세 곳에 관여하기에는 동원할 수 있는 유령사의 숫자가 너무 적습니다."

"방법이 없는 것도 아니지요. 우린 그저 구천맹의 진영에 혼란을 주면 그뿐이에요. 길을 뚫는 것은 마천의 몫이지요. 오히려 잘됐어요. 이 기회에 마천육마의 밑천을 볼 수 있을 테니까요."

"어쩌실 생각이신 건지?"

귀보전은 여전히 이해가 가지 않는다는 표정이다.

"봉황분은 장강으로 따로 올 테니 물 위에서 일을 꾸미겠어요. 서쪽에서 오는 당문의 세력은 서왕께서 맡아야겠지요. 북쪽에서 내려오는 무당은… 계명혹성께서 맡아주세요."

송교연이 궁비영에게 말했다. 그러자 궁비영이 고개를 끄떡였다.

"알겠습니다."

"어쩔 수 없는 경우가 아니라면 굳이 손에 피를 묻힐 필요는 없어요. 단지 빈틈을 만들어주면 되는 일이니까요."

송교연의 말에 궁비영이 대답 없이 고개를 끄떡인다. 그러자 송교연이 다시 입을 열었다.

"서둘 일은 아니에요. 일단은 구천맹에서 목양으로 가는 길목을 모두 점유하게 놔두세요. 목양의 마천 무리가 고립으로 인해 동요할 때 그때 길을 열어주도록 하지요. 또 세 곳 모두를 뚫어낸다면 좋겠지만 어려울 때는 한 곳만 뚫어내도 효과는 나쁘지 않을 겁니다. 모두 그렇게 알고 움직여 주세요."

송교연의 명이 떨어지자 장내의 유령사들이 소리 없이 사방으로 흩어졌다. 이내 선실이 절간처럼 고요해졌다. 그러자 송교연이 가장 늦게까지 남아 있던 궁비영에게 말했다.

"조심해요."

"걱정 마십시오."

궁비영이 자리에서 일어나며 대답했다.

"계명흑성에게 문제가 생기면 전 그분을 뵐 수 없을 거예요."

"그럴 일은 없을 겁니다."

"좋아요. 그럼……."

송교연이 소개를 끄떡였다. 그러자 궁비영이 자리에서 일어나 선실을 벗어났다.

"잘 도와주세요."

송교연이 궁비영을 따라가려는 귀보전에게 말했다.

"그는… 제 도움이 필요 없을 겁니다."

귀보전이 대답했다.

"무공은 몰라도 여전히 강호에선 어린 축이지요."

송교연이 말했다.

"글쎄요. 그것도 솔직히 전 잘 모르겠습니다. 아무튼 믿으셔도 될 겁니다. 그럼!"

귀보전이 송교연에게 고개를 숙여 보이고는 서둘러 선실을 나갔다. 그러자 송교연이 깊게 한숨을 내쉬었다.

"계명흑성이라… 그 운명이 어찌 될지."

*   *   *

다시 둘만의 여행이 시작되었다. 궁비영과 귀보전이 산을 타고 협곡을 날아 넘었다. 목양의 험준한 지형을 가로질러 북쪽으로 가기 위함이었다.

목양 땅이 아무리 험해도 두 고수의 걸음을 막을 수는 없었다. 아니, 오히려 세상 사람들의 시선을 의식하지 않아도 되니 다른 때보나 편한 면도 있었다.

"조관은 협곡을 끼고 있습니다. 협곡 옆 절벽 아래로 잔도가 나 있는데 마차 한 대 정도 다닐 길이지요. 그 길이 아니면 북쪽에서 목양으로 들어가는 길이 없습니다."

분주히 걸음을 옮기면서 귀보전이 말했다.

"물길은 어떤가요?"

"물론 목양 쪽으로 흐르니 배를 띄울 수는 있으나 워낙 물살이 빠르고 바위가 많아서 배를 이동시키기 쉽지 않지요. 더군다나 조관에서 감시를 한다면 더더욱 불가능한 일입니다."

"조관이라……."

궁비영이 나직하게 중얼거렸다. 그러자 다시 귀보전이 입을 열었다.

"조관에서 하루 거리 북쪽에 화양이란 마을이 있습니다. 기이하게도 다른 곳과 달리 물길이 북쪽 황하를 향해 흐르지요. 보통의 경우 사람들이 황하에서 배를 몰아 화양까지 온 후 그곳에서 마차를 이용해 조관을 넘고 목양으로 갑니다. 목양에선 다시 배를 타고 장강으로 내려가지요."

"무척 빠른 길이군요."

"그렇지요. 다만 목양의 길이 워낙 험해서 잘 이용되지는 않지요. 하지만 만약 급한 상행이라면 반드시 고려하는 길이기도 하지요."

"우린 일단 화양으로 가는 겁니까?"

궁비영이 물었다.

"그게 좋겠지요. 무당에서 온 자들은 화양에 거처를 정할 겁니다. 그곳에서 조관을 도모할 계획을 짜겠지요. 그들을 찾겠습니다."

"그러죠."

궁비영이 고개를 끄떡였다.

얼마 후 두 사람은 험한 목양의 산길을 넘어 잔도가 이어진 계곡을 눈앞에 뒀다. 그 계곡 중간에 높다랗게 서 있는 한 채의 전각이 보였다. 조관이다.

새가 쉬어간다는 조관은 호북과 호남을 잇는 목양 길의 북쪽 첫 번째 관문이라고 할 수 있었다.

"싸움이 아니라면 정말 아름다운 곳이군요."

멀리 우측면을 드러낸 조관의 전각을 바라보며 궁비영이 중얼거렸다.

"그렇지요. 마천의 세력이 장악하기 전에는 시인묵객들이 자주 찾아들던 곳이지요."

귀보전의 말에 궁비영이 고개를 끄떡였다. 그라도 며칠 묵어가고 싶은 곳이었다.

두 사람은 조관을 바라보며 건너편 절벽 위를 걸었다. 칼처럼 뾰족하게 서 있는 길에 오직 한 사람 지날 만한 공간이 허락

되어 있었다. 자칫 발을 잘못 디뎠다가는 금세 절벽 아래로 추락하고 말 것이다.

한동안 말없이 절벽 위를 이동하던 두 사람이 어느 순간 걸음을 멈췄다.

어느새 조관이 정면에 있다. 협곡의 폭이 대략 오십여 장, 그러니 손을 뻗으면 잡힐 듯한 거리에 있는 조관이다.

"사람이 보이지 않는군요."

궁비영이 말했다.

"마천은 어둠을 좋아하지요."

"궁금하군요. 저 난공불락의 요새를 구천맹이 어떻게 공략할지."

"오죽노라면 벌써 방법을 찾아놓았을 겁니다. 아마도 빠르면 삼 일 안에 공격을 할 겁니다."

"그렇게 빨리요?"

"이런 경우는 기습이 상책이지요."

"그들의 움직임을 놓치면 안 됩니다."

"그건 걱정 마십시오."

"그리고……."

궁비영이 잠시 말꼬리를 흐린다.

"말씀하십시오."

"이런 일에는 반드시 흑성이 동원되었을 겁니다. 뒤를 조심해야 할 겁니다."

"그 일도 충분히 조심하고 있습니다. 그러나 군이 유령사와 혹성을 비교하자면 혹성은 절대 유령사의 상대가 될 수 없지요."

"금패의 혹성은 무시할 수 없는 존재들입니다."

"금패라면… 그렇지요."

귀보전도 이번에는 동의했다. 금패의 혹성이라면 보통의 유령사와 견줄 수 있다고 생각하는 모양이었다.

"이제 무당의 도사들을 만나보죠."

궁비영이 지금까지와 달리 공력을 일으켜 절벽을 달렸다. 그러자 그의 신형이 순식간에 칼날 위를 나는 무당처럼 위태로운 절벽 위를 질주하기 시작했다.

궁비영과 귀보전이 화양에 도착하자 기다렸다는 듯이 중년의 유령사가 나타나 두 사람을 작은 객잔으로 이끌었다.

"고하게."

객방에 들어서자마자 귀보전이 유령사에게 말하자 그들을 데려온 유령사가 입을 열었다.

"현재로썬 십여 명의 인물이 전부입니다."

"십여 명이라. 그 인원으로 조관을 도모한다?"

귀보전이 고개를 갸웃했다. 불가능한 숫자라고 생각한 모양이었다.

"우두머리가 청허자 송원입니다."

"송원이라. 능력 있는 자지."

"그리고 암중에 혹성이 움직이는 것 같습니다."

"예상했던 일이고."

"무원의 고수 몇도 함께 왔습니다."

"누군가?"

"이름을 알 수 있는 자는 무당의 왕풍과 화산의 맹환 정도입니다. 변복들을 해서……."

"왕풍과 맹환이라. 모두 뛰어난 자들이지."

귀보전이 고개를 끄떡였다.

"흑성은 누가 왔는지 모르십니까?"

궁비영이 물었다. 그러자 유령사가 대답했다.

"그들의 움직임은 워낙 은밀해서… 더군다나 이 근방에 진입해선 복면까지 하고 있어 알 수 없었습니다."

"그렇군요."

궁비영이 고개를 끄떡였다.

"애써 무리를 한다면 개중 몇은 확인할 수도 있습니다만……."

"아닙니다. 위험을 자초할 필요는 없지요."

궁비영이 고개를 저었다. 그러자 귀보전이 유령사에게 명을 내렸다.

"그들의 움직임을 놓치지 말게. 그들과 조관에 있는 마천 마두들의 싸움을 보아야 그들의 허점을 파악할 수 있네. 아마 조력자들이 더 있을 거야."

"알겠습니다."

"그럼 수고하시게."

귀보전의 말에 유령사가 고개를 숙여 보이고는 귀신처럼 그 자리에서 사라졌다. 그러자 궁비영이 궁금한 표정으로 물었다.

"이름을 부르지 않는군요."

"아, 유령사 말입니까? 그건 조심하자는 뜻이지요."

"서로를 알지 못한다는 겁니까?"

"저야 모두 알지만 서로는 모르는 사람도 있지요."

귀보전이 대답했다.

"처음 듣는 말이군요."

궁비영이 조금 뜻밖이라는 표정으로 말했다. 그는 적어도 유령사끼리는 서로를 알고 있을 거라 생각했던 것이다.

"물론 얼굴들은 대충 알고 있지요."

귀보전이 변명하듯 말했다.

그러나 그 정도 말로 궁비영의 의문을 해소할 수는 없다. 그는 유령문이 문도들의 결속이 무척 강한 문파라고 생각하고 있었다. 그런 문파에서 서로를 모른다는 것은 뜻밖의 일이 아닐 수 없다.

"그런 조심이 없었다면 유령문은 이미 강호에서 사라졌을 것입니다."

귀보전이 다시 변명하듯 말했다. 궁비영도 그 문제를 더 거론할 생각은 없었으므로 두 사람의 대화는 그쯤에서 끝이 났다.

유령사에게서 또 다른 전갈이 온 것은 그다음 날 초저녁이었다. 예상대로 구천맹의 움직임은 무척 빨랐다.

궁비영과 귀보전우 수시을 듣자마사 객잔을 벗어나 구천맹 고수들의 뒤를 추격하기 시작했다.

*   *   *

밤의 조관은 낮보다 훨씬 신비로웠다. 특히 높다랗게 솟은 전각은 이계의 탑과 같은 느낌을 준다.

그 조관의 전각 삼 층에서 불빛이 흘러나오고 있었다. 전각 대부분은 어둠에 잠겨 있었다. 그 속에 사방을 감시하는 마천의 고수들이 숨어 있었지만 삼 층만큼은 불빛이 존재하는 것이다.

그 불빛을 등지고 두 사람이 조관 아래 협곡의 검은 물길을 바라보고 있었다.

"비산문과 자부문이 목양을 향해 움직이고 있다는 군요."

호리호리한 키에 중년의 나이로 보이는 자가 말했다. 그러자 굴강한 체격을 자랑하는 자가 대답했다.

"그들에게 목양의 형제들은 눈엣가시 같은 존재겠지."

"그들이 정면공격을 해올까요?"

"글쎄……"

굴강한 사내가 쉽게 대답하지 못했다.

"혼마께서 말씀하시길 기습을 할 가능성이 크다 하셨는

데……."

"다른 분들의 생각은 틀린 모양이더군."

"아쉬운 일입니다."

호리호리한 사내가 말했다.

"뭐가 말인가?"

"일 년 전 육마의 회합에서 천주를 정하지 못한 것 말입니다."

"쉬운 일은 아니지."

굴강한 사내가 대답했다. 그러자 호리호리한 사내가 다시 물었다.

"그때 왜 주군께선 중립을 지키신 걸까요?"

"검마는 우두머리에 가장 근접해 있지만 독선적이라 모두가 경계하고, 마불은 강하지만 성급하네. 혼마는 지모가 뛰어나나 힘의 그릇이 작다고 하시더군. 다른 자들이야 언급할 바가 아니고……."

"주군 자신께서는……?"

"글쎄, 아직은 육마를 이끌 자신이 없는 듯 보였네."

"저로선 가장 무난한 선택이라 생각했습니다만……."

"나도 그런 생각을 해보지 않은 것은 아니네. 하지만 역시 육마 각자의 마음에 야망을 품고 있는 이상에야……."

"안타까운 일입니다. 힘을 모으면 능히 구천맹을 상대할 수 있을 텐데……."

"활탈, 자네는 마천의 힘이 구천맹을 상대할 수 있는 정도라고 보나?"

"하면 소주께서는 어렵다고 보십니까?"

"쉬운 일이 아니네. 과거 사십구미의 시대에도 결국 구천맹에게 당하지 않았는가?"

"하지만 그때는 흑성들이……."

"지금도 흑성은 있네."

소주라 불린 자가 말했다. 그러자 활탈이라 불린 자가 잠시 말을 멈췄다가 물었다.

"그럼 소주께서는 목양을 지키는 일이 현명하지 않다고 보시는 거군요."

"자네, 목양을 어찌 보나?"

"난공불락의 요새지요."

"맞네. 난공불락의 요새지. 그런데 난공불락이라는 말에는 상반된 의미가 내포되어 있네."

"……?"

"공략하기 어렵다는 뜻이기도 하지만 또한 고립되기도 쉽다는 뜻이기도 하지. 만약 저들이 목양을 직접 공격하지 않고 사방의 교통로를 끊으면… 목양은 고립되고 말걸세."

"그건 혼마님의 걱정과 일맥상통하는군요."

활탈이란 자의 말에 사내가 고개를 끄떡였다.

"난 솔직히 혼마님의 생각에 동의하네."

"중원에서 물러나 천산으로 가야 한다는 것 말입니까?"

"그렇다네. 그곳에서 이십 년 정도만 힘을 기르면… 그땐 단번에 강호를 장악할 수 있을 걸세."

"육마께서도 그 사실을 모르진 않으실 텐데요."

"모두 알고 있는 일이지."

"그런데 왜 환마님의 생각에 동의하지 않고 중원에서 구천 맹을 상대하는 것입니까?"

활탈이 물었다. 그러자 소주라는 자가 어두운 표정으로 대답했다.

"그건 시간이 그분들 편이 아니기 때문이네."

"무슨 말씀이신지……?"

활탈이 의아한 얼굴로 물었다.

"육마는 모두 천변 이전의 시대에 활동하셨던 분들이네. 그 분들의 나이는 모두 칠십 전후지. 그런데 이십 년 후의 일을 기약하라면 하겠는가? 물론 무림인의 수명이 보통보다 조금 더 길지만 그래 봐야 백 세 전후일세."

"하긴 이십 년 뒤를 기약하라는 말은 당대에 패권을 포기하 란 말과 같지요."

활탈이 고개를 끄떡였다.

"정파의 노괴들이라면 워낙 영악해서 그런 결정을 할 수도 있지. 그러나 육마는 그런 분들이 아니네."

"그렇지요. 그것이 마천이지요."

활탈이 고개를 끄떡인다.

"스스로의 완성, 자신의 야망, 자신의 눈으로 굽어보는 세 상… 그걸 위해선 제자든 자식이든 무엇이라도 희생할 수 있는 것이 우리 마천의 사람들이 아니던가. 육마라고 다르겠나? 그분들도 당대에 자신의 눈으로 세상을 굽어보지 못한다면 아무 의미가 없는 것이지."

"어쩌면 그것이 마천의 시대가 지속되지 못하는 이유일지도 모르지요."

"맞네. 후대를 생각하지 않으니 지속하지 못하는 것일세. 아무튼… 그래서 천산으로 돌아가는 일은 어려울 걸세."

사내가 눈살을 찌푸렸다. 그 일이 못내 아쉬운 표정이다.

"어려운 싸움이 될 겁니다."

"혼마께서 말씀하시길 오직 한 가지 경우에만 승리할 수 있다고 하셨네."

"그것이 무엇입니까?"

"구천맹의 분열."

"그게… 가능할까요?"

"또 모르지. 사람의 일이란……."

그러자 활탈이 조심스레 말했다.

"소주, 제 생각에는……."

"말해보게."

"아무래도 이 싸움에 깊이 관여하지 않으시는 것이 좋을 듯싶습니다."

"그리 생각하나?"

"육마 어른들의 시대야 지금이지만 소주의 시대는 아직 많이 남았습니다."

"후후후. 아버지가 자네 말을 들으면 실망할 걸세. 활탈, 자네가 누군가. 마궁 종고구의 양아들이라 불리는 사람이 아닌가?"

"주군께서 절 소주께 보내는 순간 제 인생은 소주의 것이 되었습니다."

"고마운 말이군."

"아마 주군께서도 그걸 바라실 겁니다."

"과연 그러실까?"

"당연한 일이 아닙니까? 아드님이신데……."

"후후후. 좀 전의 말은 그새 잊은 건가? 마천에서 혈육의 정은 그리 중요한 것이 아니야."

사내의 말에 활탈이 고개를 젓는다.

"다른 분은 몰라도 주군은 다르십니다."

"하하하. 역시 자넨 어쩔 수 없는 아버지의 양아들이군. 피를 물려받은 나, 종서귀보다 더 아버님을 믿고 있으니……."

"소주, 목소리가 큽니다."

활탈이 얼른 종서귀라 불린 사내를 만류한다.

"걱정 말게. 이 험한 곳에 누가 오겠는가?"

"그래도 낮말은 새가 듣고 밤말은 쥐가 듣는 법 아닙니까?"

"그래… 그건 그렇지. 그래서 말인데. 쥐가 나오면 쥐를 잡아야지!"

한순간 종서귀의 눈에서 차가운 살광이 솟는다. 그리고 어느새 등 뒤에 있던 철궁이 그의 손에 들렸고, 채 숨 한 번 쉬지 않은 사이에 이미 한 대의 철시가 어둠을 뚫고 날아갔다.

슈우욱!

차가운 밤공기를 뚫고 철시가 조관의 전각 삼 층에서 절벽을 타고 떨어져 내려갔다.

"악!"

한마디 비명이 벼락처럼 들렸다. 순간 활탈이 큰 소리로 외쳤다.

"적이다! 남쪽 협곡의 절벽을 타고 있다!"

활탈의 목소리가 어둠을 뚫고 사방으로 퍼져 나갔다.

조관의 전각이 한순간에 대낮처럼 환해졌다. 삽시간에 뛰어난 마천의 고수들이 전각 남쪽, 협곡 아래로 깎아진 절벽을 향해 모여들었다.

제6장
조판의 밤

어두웠던 전각이 대낮처럼 환하게 밝혀졌다. 그 전각으로부터 빛줄기들이 절벽 아래로 쏟아져 내려왔다.

마치 유성이 몰아치는 듯싶었다.

그때마다 절벽에서 협곡으로 비명들이 이어졌다.

그러나 절벽을 타고 오르는 자들의 솜씨와 용기도 대단했다. 동료들이 화살을 맞고 협곡으로 떨어지는 것도 아랑곳하지 않고 그들은 끈질기게 절벽을 타고 올랐다.

싸움이 시작된 지 이각여가 지났지만 절벽을 사이에 둔 공방전은 끝날 기미를 보이지 않았다.

그 와중에도 종서귀의 무공은 사람들을 놀라게 했다. 그의 화살은 일단 철궁을 떠나면 반드시 적을 꿰뚫었다. 어떤 때는 바위와 적을 동시에 뚫기도 하고, 또 가끔은 바위 뒤에 숨은 적을 향해 곡선을 그리며 날아가 박히기도 했다.

아마도 강호에 그와 같은 궁술을 지닌 자는 흔치 않을 터였다.

그러고 보니 그의 수하들 역시 궁술이 남달랐다. 비록 종서귀만큼은 아니어도 그의 수하들 역시 바위를 꿰뚫는 궁술을 지니고 있었던 것이다.

"종서귀! 호부에 견자 없다더니 과연 그 아비에 그 아들이로다."

귀보전이 감탄했다.

궁비영과 귀보전은 침입자들보다도 더 전각과 가까운 곳에 있었다.

조관의 북동쪽에는 도저히 사람이 오를 수 없는 유리알 같은 절벽이 탑처럼 솟아 있었는데, 두 사람은 바로 그 위에 올라 있었다.

촛대 같은 절벽의 정상에서는 조관의 전각이 손에 잡힐 듯 가깝게 보였다. 유령보나 월천보를 쓰면 단번에 날아 넘을 수 있을 것 같은 거리다.

그러나 사실 그 거리가 보는 것처럼 실제로 가깝지는 않았다. 그저 높이 솟아 있으니 좀 더 가깝게 보일 뿐이었다.

그래서 조관의 마천 무리도 이 절벽의 감시에는 소홀했다. 그들이 굳이 경계를 하지 않아도 동쪽 절벽을 통해 조관을 공격하는 것은 거의 불가능하기 때문이었다.

더군다나 지금은 남쪽 절벽으로 오르는 적을 상대하느라 이쪽을 경계할 여유도 없는 그들이었다.

"그를 아십니까?"

궁비영이 물었다.

"알지요. 마천의 시대에는 혈기 왕성한 후기지수였는데… 벌써 중년의 나이가 되었군요. 제법 마두의 풍모도 보이고……."

"어떤 잡니까?"

궁비영이 다시 물었다.

"마천육마에 마궁 종고구라고 있습니다. 마천의 마두치고는 제법 도리를 아는 자지요. 궁술의 달인인데 그가 오직 궁술만으로 구천맹의 고수 삼십팔 인을 주살한 것은 지금까지도 무림에서 궁술이 보여준 가장 화려한 싸움으로 전해지고 있습니다."

"그런 궁술이 있나요? 보통 병사라면 모를까, 구천맹의 고수는 모두 무공을 수련한 사람들인데……."

무공을 수련한 자들을 화살로 공격하는 것은 쉽지 않다. 화살의 속도가 아무리 빨라도 무공을 수련한 자들은 각자 특유의 보법을 지니고 있기 때문이다.

"처음에 사람들은 그 소문을 믿지 않았지요. 그러나 살아남은 자들이 워낙 유명한 사람들이라 믿지 않을 수도 없었습니다. 그의 화살은 바위를 뚫고, 아름드리나무를 자른다고들 하지요."

"공력이 대단한가 보군요."

"그렇다고 하더군요. 하지만 더 무서운 것은 공력보다 그의 궁술입니다. 그의 화살은 다른 화살보다 훨씬 복잡하게 만들어진다더군요. 그래서 바위 뒤에 숨은 적도 격살할 수 있답니다. 일명 등룡사라는 궁술이지요."

"하긴 찾아보면 그런 궁술을 가진 자가 아주 없는 것은 아니지요."

궁비영이 말했다.

"맞습니다. 강호에 간혹 그런 궁술을 지닌 자가 나타나기는 하지요. 하지만 마궁 종고구는 그중에서도 아주 특별한 자입니다. 한 번에 세 대의 화살을 쏘아내는 삼혈사의 수법도 유명하고."

"한번 만나보고 싶군요."

"만약 그를 만나시게 된다면 무척 조심하셔야 합니다. 한순간이라도 경계를 늦추면 그의 화살이 심장을 뚫을 겁니다."

"그의 아들을 보니 조심하긴 해야 할 것 같군요."

궁비영이 다시 시선을 돌려 종서귀를 바라봤다.

싸움은 여전히 치열했다. 하지만 승부는 쉽게 나지 않았다. 어느 순간부터는 정체된 듯 보이기도 했다.

침입자들은 정상을 십여 장 앞에 두고는 더 이상 앞으로 전진하지 못하고 있었다.

이래서는 기습의 효과가 거의 사라졌다고 볼 수 있었다. 그래서 절벽 위에서 적을 막고 있던 종서귀도 그쯤에서 생각을 바꿨다.

종서귀가 활탈을 불렀다.

"활탈!"

"예, 소주!"

"어떤 놈들이 왔는지 얼굴을 봐야 할 것 같은데?"

"저희가 내려갈까요?"

"아니, 그보다는 몇 놈 올라오게 놓아두는 게 좋겠지."

종서귀의 말에 활탈의 표정이 변했다.

"위험한 계책입니다. 저들 중 고수가 있다면……."

"고수가 있었다면 벌써 올라왔겠지."

"그렇기는 하지만……."

"길을 열어주게."

종서귀가 단호하게 말했다. 그러자 활탈이 어쩔 수 없다는 듯 고개를 숙이며 대답했다.

"알겠습니다."

대답을 한 활탈이 절벽 아래를 향해 화살을 날리고 있는 마천의 고수들을 향해 다가갔다.

활탈이 종서귀의 명을 전하자 마천 고수들이 화살을 한 방향으로만 쏘기 시작했다. 그러자 다른 쪽 길이 열렸다.

투툭!

단번에 다섯 사람이 절벽 위로 올라섰다. 그러자 마천 고수들이 기다렸다는 듯이 다시 절벽 아래를 향해 화살을 쏟아붓

기 시작했다. 순식간에 절벽에 오른 자들이 그들의 동료들로
부터 고립됐다.

그런 그들을 향해 종서귀가 다가섰다.

"이니서 오셨소?"

종서귀가 마치 자신의 집을 찾아온 길손에게 묻듯 물었다.
이미 장내의 상황을 자신이 장악했다는 자신감이 묻어나는 목
소리다.

"그대가 종서귀인가?"

"날 아시오?"

종서귀가 되물었다.

"마궁 종고구의 아들은 강호에서 유명하지. 어찌 모를까?"

"이상한 일이구려. 그걸 알면서도 이곳에 왔단 말이오?"

종서귀가 히쭉 살소를 흘린다. 이럴 때는 마천에서 가장 유
하다는 그들 부자 역시 마천의 마두임을 숨길 수 없어 보였다.

"못 올 이유가 없지."

"그럼 말해보시오. 그대의 이름이 뭔지."

"난 송원이라 한다."

"송원? 송원이라… 아! 무당의 청허자!"

"내 이름을 알고 있구나."

"하하하. 어찌 모르겠소. 무당 장문인이 자랑스러워하는 뛰
어난 두 명의 사제 중 한 명이신데… 그런데 조금 실망이구
려."

"무엇이 말이냐?"

"적어도 청허자의 이름값이면 이런 무모한 방법으로 조관을 노리진 않았을 것 같은데 말이오. 이게 뭐요. 아까운 수하들이 죽고, 당신도 이렇게 고립되지 않았소?"

종서귀의 말에 송원이 한줄기 미소를 지었다.

"다른 생각은 해보지 못했나?"

"무슨 생각 말이오?"

이번에는 종서귀가 물었다.

"모든 것이 너무 쉽지 않은가? 구천맹의 공격치고는 너무 수월하게 막았다는 생각이 들지 않는가?"

"그래서 내가 묻지 않았소."

종서귀가 대답했다. 그러자 청허자가 갑자기 오른손을 들어 올리며 말했다.

"역시 아직 그 아비를 따라가지 못하는군."

"이자가 무슨 말을……!"

종서귀가 노한 눈으로 청허자를 노려본다. 그러자 청허자가 큰 소리로 외쳤다.

"형제들, 준비는 되었는가?"

순간 전각 위쪽에서 뜻밖의 목소리가 들려왔다.

"모든 준비가 끝났습니다."

갑작스런 목소리에 놀란 종서귀가 급히 고개를 돌렸다. 그러자 자신이 머물렀던 전각 지붕 위에서 검은 인영들이 서 있는 것이 보인다.

"어떻게……?"

종서귀가 믿을 수 없단 표정으로 중얼거렸다.

"조관의 전각에 이르는 길은 오직 하나지. 서쪽의 외길. 그 길 아니면 사방의 절벽을 타고 올라야 하는데 위에서 사람이 시키고 있다면 거의 불가능한 일이지. 더군다나 그대의 말처럼 마궁 종고구의 아들이 지키는 곳이라면 더더욱 말이야."

"무슨 수작을 부린 것이냐?"

"생각보다 간단한 계책이지. 성동격서! 저들은 서쪽 외길을 따라 올라왔지."

"불가능한 일이다. 그 길은 일당천의 험지. 절대 뚫릴 길목이 아니다."

"하지만 한 가지 경우에는 그 길도 뚫릴 수 있다."

"……?"

"바로 본 천의 흑성들이라면 가능하지. 그것도 아주 조용하게 말이야!"

"흑성!"

종서귀가 자신도 모르게 탄식을 토한다.

"후후후. 흑성야의 밤을 겪고도 그들에 대한 대비를 하지 않았다면 조관을 빼앗겨도 변명을 할 수 없을 것이다. 자, 이젠… 전리품을 얻어야겠다!"

청허자가 차가운 표정으로 말했다. 그러면서 오른손을 내리그었다.

청허자의 신호에 전각 위에 나타났던 검은 인영들이 마천의 마인들을 공격하기 시작했다.

그들의 공격은 바람처럼 빠르고 어둠처럼 음습했다. 그러나 그들이 일단 마천의 마인들 사이로 파고들자 금세 그들의 도검은 불꽃처럼 타오르기 시작했다.

"악!"

"막앗!"

마천의 마인들 역시 녹록한 자들이 아니다. 그러나 기습을 당한 자들은 이미 절반의 힘을 잃고 싸움을 시작할 수밖에 없는 법. 마천의 마인들이 사방에서 쓰러져 갔다.

"나도 전리품 하나쯤은 건져야겠지. 그것이 마궁 종고구의 아들이라면… 아주 흡족하겠어."

창!

청허자가 검을 빼 들며 말했다. 평소와 다르게 그의 눈에 차가운 한광이 흐른다. 살기, 검광보다도 강렬한 눈이다.

순간 종서귀의 표정이 일그러졌다. 스스로에게 화가 났다. 너무 쉽게 난공불락의 요새라는 조관을 빼앗겼다. 흑성을 경계하지 않은 그의 실수는 돌이킬 수 없었다.

그러나 종서귀는 종서귀다. 어려서부터 마천육마의 일인, 마궁 종고구로부터 고된 수련을 받은 그이므로 어떤 경우에도 침착함을 유지할 심기는 충분했다.

"물러나라!"

종서귀의 입에서 차가운 명이 떨어졌다. 그러자 마천의 마인들이 잠시 멈칫하다가 이내 서쪽을 향해 도주하기 시작했다.

그 순간 종서귀가 눈에 보이지 않는 속도로 철궁에 화살을
걸었다. 그러고는 망설이지 않고 청허자 송원을 향해 화살을
날렸다.

쾅!

화살이 천둥 치는 소리를 내며 송원을 향해 날아갔다.

"위험하오!"

송원과 함께 절벽을 타고 올라온 자들 중 한 명인 무원 고수
맹환이 급히 검으로 송원을 향해 날아드는 화살을 내려치며
소리쳤다.

캉!

맹환의 검에 격중된 화살이 날카로운 쇳소리를 내며 튕겨졌
다. 그 충격으로 맹환이 뒤로 밀리며 절벽 끝머리에서 가까스
로 멈춰 섰다. 그만큼 종서귀의 화살에 담긴 힘이 강력했던 것
이다.

"다시 오마, 반드시!"

한 번의 화살 공격으로 상대를 물러나게 만든 종서귀가 어
느새 십여 장 밖으로 달아나며 소리쳤다.

"그자를 잡아!"

청허자가 급히 소리쳤다. 그러자 종서귀 앞에 불쑥 검은 인
영이 모습을 드러냈다.

"그로군."

종서귀의 앞을 막아선 자를 보며 궁비영이 중얼거렸다.

"아시는 잡니까?"

"무당 출신의 금패 흑성 임상서라는 자입니다."

"임상서라. 처음 듣는 이름이군요."

"입이 무거운 자였지요."

"그렇겠지요. 그런데 무당 같은 곳에서 흑성으로 지목된 자라면 문파 내에서 뭔가 문제가 있었다는 것인데……."

"자세한 것은 저도 잘 모르겠습니다."

"아무튼 그의 운이 좋지 않군요."

"종서귀의 상대가 되지 않는다고 보십니까?"

"종서귀는 마궁의 아들입니다. 나이도 사십이 넘었으니 마궁의 무공을 거의 전수받았겠지요. 물론 자질에 따라 성취의 차이는 있겠지만… 그런 자를 상대로 무당에서 소외된 자가 이길 수는 없지요."

"그러나 그는 금패의 흑성입니다."

"흑성의 최대 강점은 은밀한 암습입니다. 그런데 지금은 암습을 할 수 없는 상태지요."

귀보전의 말이 끝나기 무섭게 종서구가 철궁을 등에 메더니 맨손으로 두 개의 철시를 잡았다. 그러고는 그중 하나는 임상서의 얼굴을 향해, 다른 하나는 임상서의 좌측 복부를 향해 던졌다.

종서귀의 손을 떠난 화살이 벼락처럼 임상서에게 꽂혀 들어갔다. 그러자 임상서가 매섭게 검을 휘두르며 뒤로 물러났다.

쩌정!

임상서의 검에 격중된 철시에서 벼락같은 충돌음이 일어났다. 그러자 그 충격에 임상서가 또다시 서너 걸음 뒤로 물러나며 비틀거린다.

첫 번째 격돌에서 이미 공력의 차이가 여실히 드러났다. 비틀거리는 임상서를 향해 종서귀가 다시 날아들었다. 이번에는 그의 손에 세 개의 화살이 들려 있다.

퍼퍼퍽!

허공에 떠오른 종서귀가 연달아 세 개의 화살을 임상서에게 꽂아댔다. 그러자 임상서가 입술을 굳게 물더니 그대로 앞으로 돌진했다.

스슥!

임상서의 신형이 미끄러지듯 종서귀의 하단을 통과했다.

퍼퍽!

종서귀가 꽂아댄 화살 두 개는 땅에 박히고 그중 하나가 임상서의 오른팔을 스치고 지나갔다.

"놈!"

임상서의 입에서 살기 어린 목소리가 흘러나왔다. 동시에 임상서가 검을 곧추세우고 허공으로 치솟아올랐다.

쐐액!

임상서의 검과 몸이 하나로 합치된 듯 보였다. 검술은 무당의 것이고 신법은 흑성의 무공 월천보다.

"재주가 좋구나!"

종서귀의 입에서 감탄의 소리가 흘러나왔다.

그 와중에도 허공에 떠 있던 그의 몸이 바람개비처럼 회전했다. 그러자 그를 향해 올라오던 임상서의 검이 허공에서 방향을 잃고 튕겨져 나갔다.

그사이 다시 하나의 화살이 임상서의 옆구리를 찔렀다.

"헉!"

임상서가 자신의 옆구리를 꿰뚫고 나오는 철시를 보며 다급한 신음성을 흘렸다.

"흑성이라면 죽을 이유가 충분해!"

어느새 종서귀가 다시 화살 하나를 꺼내 들고 임상서의 목을 향해 꽂아 넣었다.

그런데 단번에 임상서의 목을 꿰뚫을 것 같던 그의 화살이 중도에 방향을 틀어 좌측 옆으로 움직였다.

"놈!"

어느새 다가온 무당의 고수 청허자가 종서귀를 향해 검을 찔러 넣고 있었다.

차앙!

활과 칼이 마주쳤는데 검과 검이 부딪힌 것 같은 소리가 난다. 종서귀의 활이 철시기 때문이다.

한 줄기 벼락같은 불꽃이 일더니 그 한순간에 종서귀의 모습이 사라졌다.

"놈, 마궁의 아들이란 놈이 도망을 가느냐?"

청허자가 종서귀를 쫓으며 말했다. 그러자 종서귀가 비웃듯 대꾸했다.

"흥, 구천맹의 협사란 놈들도 기습을 하지 않느냐? 쥐새끼처럼!"

"머릴 두고 가거라, 이놈!"

칭허사의 섬이 허공을 갈랐다. 그러자 그의 검에서 일 장이 넘는 검기가 뻗어 나와 종서귀의 목을 잘라갔다.

"다음에 다시 보자, 늙은이!"

종서귀의 외침과 함께 그의 신형이 서쪽 절벽 위로 떠올랐다. 그러고는 그대로 절벽을 타고 떨어져 내리기 시작했다.

"이런 독한 놈이!"

청허자와 몇몇 구천맹의 고수가 종서귀가 몸을 날린 절벽 아래를 내려다보며 이를 갈았다. 그런데 그 순간 갑자기 절벽 아래에서 한 대의 철시가 솟구쳐 올랐다.

퍽!

절벽을 타고 오른 철시가 그대로 절벽 아래를 살피고 있던 구천맹 고수를 꿰뚫었다.

"악!"

철시에 격중된 자의 입에서 비명이 터져 나왔다.

"사제!"

청허자가 재빨리 철시를 맞은 자를 부축했다. 왕풍이었다.

철시는 왕풍의 오른쪽 눈에 꽂혀 있었다.

"으음……."

아무리 무공의 고수라 해도 화살이 눈에 꽂힌 고통을 감당하기는 쉽지 않다. 왕풍이 이를 악물며 신음성을 흘렸다.

"사제, 잠시만 기다리게."

청허자 송원이 재빨리 왕풍의 뒷덜미 혈도를 짚었다. 왕풍이 그대로 정신을 잃고 혼절했다.

"전각으로 옮겨라. 서둘러 치료를 해야 한다."

청허자가 명을 내리자 무당의 문도들이 급히 달려들어 왕풍을 들쳐 엎고 전각을 향해 달렸다. 그러자 청허자도 기다리지 않고 그 뒤를 따랐다.

"간악한 놈!"

청허자가 전각으로 달려가자 화산의 고수 맹환이 이를 갈며 중얼거렸다.

그의 시선이 조심스레 절벽 아래로 향했다. 그러나 절벽 아래에선 누구도 보이지 않는다. 이미 종서귀는 사라지고 없었던 것이다.

"오르기는 힘들어도 떠나기는 쉽군."

맹환이 중얼거렸다. 그러자 그의 곁으로 임상서가 다가들며 말했다.

"아무래도 그렇지요."

"음… 자네는 괜찮나?"

임상서 역시 종서귀의 철시에 허리를 찔린 상태였다.

"가벼운 부상입니다."

"들어가 봐야 않겠나?"

맹환이 다시 물었다. 문파의 존장이 위급하니 당연히 전각으로 가야 하는 것 아니냐는 말이다. 그 말에 임상서가 씁쓸하게 웃으며 고개를 저었다.

"환영받지 못할 자리지요."

"자네에 대한 이야기는 들었네. 파문을 대신해 흑성이 되었나고."

"사람을 죽인 죄는 크지요. 그것도 같은 문도를⋯⋯."

"자네 잘못이 아니라고 들었네만. 비무 중 실수였다면서⋯⋯?"

"사람들은 결과를 중시하지요."

"음⋯⋯."

맹환이 고개를 끄떡인다.

"그리고 흑성들은 일이 끝나면 즉시 조관을 떠나라는 명을 받았습니다."

"총군사의 명인가?"

"그렇습니다."

"언제나 생각하는 것이지만 총군사가 흑성을 쓰는 것엔 너무 가혹한 면이 있어. 쉴 시간을 주지 않으니⋯⋯."

"우리는 어둠 속에서 쉽니다."

"그래도⋯⋯."

"어른께 인사나 전해주십시오."

청허자를 두고 하는 말이다.

"그럼세."

"하면!"

임상서가 가볍게 고개를 숙여 보이고는 한쪽에 모여 있는 흑성들에게로 달려갔다. 그 모습을 보고 있던 맹환이 나직하게 중얼거렸다.

"무옥과 자우, 그 두 놈은 잘들 있는지……."

둘 모두 흑성이 된 화산의 문도들이었다.

조관은 빠르게 정리됐다. 마천의 마인들은 그림자도 남기지 않고 썰물처럼 조관에서 물러났다. 마치 처음부터 물러날 준비를 하고 있었던 사람들 같았다.

"조관이라… 기이한 곳이군요."

구천맹의 고수들이 차지한 조관의 전각을 보며 귀보전이 중얼거렸다.

"무엇이 말입니까?"

"난공불락의 요새라면 반대로 퇴로가 없어야 하는데 이곳은 도주하기가 아주 용이한 곳입니다. 절벽에서 몸을 날리면 되니까요."

"그래서야 살아날 사람들이 얼마나 되겠습니까?"

궁비영이 말했다.

"마천의 마인들에게는 가능한 일이지요."

"하긴 그렇군요. 그자… 놀라운 무공이었습니다."

궁비영이 도주한 종서귀를 떠올리며 말했다.

"마궁 종고구의 아들입니다. 어련하겠습니까."

"그런 무공은 처음 보는 것이더군요."

"그럼에도 그는 아비의 발끝도 따라가지 못할 겁니다."

"그렇게 대단한가요?"

"그의 손에 철궁이 들리면 사방 이십여 장 안에 감히 들어올 자가 없을 정도였지요. 더군다나 본래 궁술을 쓰는 자들은 근 접전엔 약하게 마련인데 종고구는 달랐지요. 손에 철시를 들고 싸울 때는 수십 개의 검을 들고 싸우는 자 같았습니다."

"맞습니다. 철시를 들고 싸우는 그 수법이 특별하더군요."

"아무튼 모든 것이 예상대로 흘러가는군요. 그런데 마천의 무리를 어찌 도와야 할지. 이곳을 다시 그들이 차지할 수 있을까요? 구천맹에서는 이미 자신들이 한 번 도모한 곳이라 단단히 방비를 할 텐데요."

"길을 만들어주면 되지요."

"길이 있겠습니까?"

"지금 우리가 그 길 위에 서 있지 않습니까?"

"…아!"

귀보전이 뭔가를 깨달은 듯한 표정으로 탄성을 흘렸다. 그러자 궁비영이 다시 말을 이었다.

"다른 사람이라면 모를까, 종서귀나 종고구 같은 사람에게 이곳은 아주 좋은 길이지요."

"그렇군요. 그들의 활이 어려움을 해결해 주겠군요. 그럼… 산꾼이나 뭐 이런 모습이 필요하겠군요. 준비하겠습니다."

*   *   *

목양은 고립됐다. 한날한시에 벌어진 구천맹의 공격 때문이었다. 그 소식은 금세 천하에 퍼졌다. 어쩌면 구천맹에서 일부러 강호에 소식을 퍼뜨리고 있는 것 같기도 했다.

강호가 들끓기 시작했다. 목양을 고립시켰다는 것은 구천맹이 마천과 전면전을 펼치겠다는 의미기 때문이었다.

세상 곳곳에서 마천의 마두들이 출몰하기 시작했다. 그들이 향하는 곳은 당연히 고립된 목양이었다.

그것이 설혹 함정일지라도 목양의 마천 세력이 전멸한다면 마천은 더 이상 천하를 도모할 수 없었다. 이젠 좋든 싫든 목양에서 천하의 향배를 둔 건곤일척의 승부를 보아야 할 때였다.

"그러고 보면 말이야. 혼마의 말이 아주 틀린 것은 아니었어."

노인은 흑의를 입고, 등에는 검은빛이 도는 철궁을 메고 있었다. 철궁의 모습이 노인과 한 몸처럼 어울리는 것을 보면 평생 그가 사용한 활이 분명했다.

"천산으로 후퇴하자는 말 말입니까?"

노인 곁에서 거의 그와 비슷한 연배의 다른 노인이 물었다. 그 역시 검은 흑의를 입고 활을 등에 메고 있다.

강호에서 이런 복장으로 다니는 자들이라면 단 한 명의 이름이 떠오른다. 바로 마궁 종고구와 그의 수하들이다.

일행은 막 황하를 넘어 호북 땅으로 들어서고 있었다. 뒤쪽으로 멀리 겨울임에도 얼지 않은 황하의 탁한 물결이 보이고,

앞으로는 겨울 나무 가득한 너른 숲이 펼쳐져 있었다.

"그것도 그렇고… 또 목양에 들어가는 것이 적을 치기 위해
선 유리하지만 세가 불리하면 고립될 수 있다고 경고했었지."

"그렇기는 하지요. 하신 그문의 말은 시간이 지나고 보면 항
상 옳았지요."

"후후후. 그러게 말이야. 그러나 그렇다고 그의 말대로 모
든 일을 할 수는 없지 않은가? 그렇다면 그야말로 마천의 천주
라고 할 수 있을 테니까."

"지난번 육마의 회합은 아무래도 실패인 듯합니다."

"어찌 그리 생각하는가?"

"마천의 힘을 하나로 모으지 못했으니까요. 반면 목양을 거
점으로 정하자는 의견만 모아졌지요. 덕분에 오늘날의 일이
벌어진 것이 아닐까 합니다만……."

"각자 속내가 다르니까."

노인이 중얼거렸다.

그런데 그때 그들 앞으로 일단의 사람이 모습을 드러냈다.

"아버님!"

노인 앞에 나타난 자는 조관에서 패퇴한 종서귀다.

"왔느냐?"

노인이 반갑게 종서귀를 맞이했다. 종서귀에게 아버님이라
불릴 사람은 천하에 오직 하나, 마궁 종고구다.

"뵐 면목이 없습니다."

"전장의 승패는 병가의 상사다. 부끄러운 일이 아니다. 사

람은 얼마나 상했느냐?"

"서둘러 물러난 덕에 큰 피해는 없습니다."

"다행이군. 그런데 누가 왔다고?"

"무당의 청허자와 흑성들이었습니다."

"음… 무당의 청허자라. 모두 몇이더냐?"

"정확히는 모르나 삼사십쯤 되어 보였습니다."

"삼사십이라. 그렇다면… 무당의 정예가 모두 내려온 것은 아니군. 일부만 온 것인데… 비산문과 자부문 쪽에 무당의 도사들이 보였다던가?"

종고구가 고개를 돌려 뒤를 보며 물었다. 그러자 다시 한 명의 노인이 대답했다.

"그런 전갈은 없었습니다. 단지 구룡대산에서 무원과 삼기의 고수들이 합류했다는 전갈이 있었습니다."

"그래? 좋아! 우리에게 아주 기회가 없는 것은 아니군!"

마궁 종고구가 밝은 표정으로 말했다. 그러자 종서귀가 물었다.

"목양에서 본 천이 승리할 수도 있다는 말입니까?"

"그렇다."

"하지만 전력으로는……."

"전력으로는 당연히 우리가 불리하지. 그러나 구천맹은 모든 힘을 동원하지 못했어."

"왜 그리 생각하십니까?"

"조관에 이름 있는 무당 고수 중 이름 있는 자는 청허자 한 명. 그렇다고 무당의 장문인과 다른 고수들이 적의 본대에 합류한 것도 아니다. 그건 곧 그들이 산에서 내려오지 않았다는 의미다."

"그릴까요?"

종서귀는 여전히 의심스런 모습이다.

"후후후. 자라 보고 놀란 가슴 솥뚜껑 보고도 놀란다고. 저들이 성도에 전력을 기울였다가 구파 본거지에 반격을 받았던 걸 잊지 않은 모양이다. 그런 일을 겪었으니 정예들을 출도시키기 어려웠을 것이다. 결론은… 목양을 치는 자들의 힘은 성도에 모였던 자들에 미치지 못한다는 거지. 하하하! 잘하면 외려 이득을 낼 수도 있겠어."

마궁 종고구가 호탕한 소리로 웃음을 터뜨렸다.

"그러나 그건 목양의 고립이 풀려야 가능한 일 아니겠습니까?"

종서귀가 물었다.

"물론 그렇지. 그리고 내가 반드시 그 고립을 풀겠다."

마궁 종고구의 눈에서 시퍼런 불길이 일어나는 듯했다. 그러자 마천의 마인들이 두려운 빛을 보이며 고개를 숙인다.

"대단하군요."

멀리서 마궁 종고구를 살피고 있던 궁비영이 말했다.

"마천육마는 한 명 한 명이 천하제일을 다툴 수 있는 자들이지요. 구파의 수장들이나 몇몇 은거 기인을 제외하고는 상대할 자가 없을 겁니다."

"그가 우리 도움 없이도 길을 낼 수 있을까요? 사실 그게 제일 좋은 방도이기는 한데……."

"글쎄요. 가능성은 반반이겠지요."

"일단 지켜볼까요?"

"재미있겠지요."

귀보전이 빙그레 미소를 지으며 대답했다.

*   *   *

쿵!

마궁 종고구가 들고 있던 철궁으로 땅을 찍었다. 그의 손이 부르르 떨린다.

멀리 협곡을 따라 불타며 떠내려가는 마천의 배가 보였다.

종고구가 고개를 돌렸다. 그러자 조관 위에 오연하게 서 있는 청허자 송원이 보인다.

"놈!"

종고구가 차가운 노성을 토하더니 천천히 철궁을 들어 시위에 화살을 올렸다. 그러고는 어둠 속을 향해 벼락처럼 화살을 쏘아 보냈다.

쉬이익!

창룡이 하늘을 날 듯 흰 빛줄기를 만들며 화살이 절벽을 거슬러 올라갔다.

"헛!"

한순간 절벽 위에서 청허자 송원의 다급한 목소리가 흘러나왔다. 그러자 마궁 종고구가 절벽 위를 보며 소리쳤다.

"청허사! 내가 다시 올 때까지 그곳에 있다면 그땐 네 목을 뚫어줄 것이다!"

마궁 종고구의 경고에 절벽 위에선 아무런 대답도 들리지 않았다.

"혹 당한 것은 아닐까요?"

종고구의 곁에서 그의 오랜 심복 첨환이 물었다.

"아니, 그렇게 쉽게 당할 자는 아니지. 오늘은 일단 돌아간다."

종고구의 명에 마천의 마인들이 서둘러 계곡을 거슬러 오르기 시작했다.

청허자 송원은 절벽 위에서 물러가는 마천의 마인들을 바라보고 있었다. 그의 오른쪽 팔뚝에 혈흔이 보였다. 종고구가 쏜 화살이 스치고 지나가며 만든 상처였다.

"괜찮으십니까?"

송원의 곁으로 맹환이 다가서며 물었다. 그러자 송원이 고개를 저으며 대답했다.

"정말 무서운 자요. 정면으로는 도저히 상대할 자신이 없구려."

"마천육마는 과거 사십구마와 비할 바가 아니지요."

"음… 오늘 이자가 십여 장만 더 전진했다면 우린 필패했을 거요."

"설마 그렇게까지야……."

"아니오. 반드시 패했을 거요. 아무래도 안 되겠소. 맹에 구원을 청해야겠소."

"진심이십니까?"

맹환이 놀라서 물었다. 상황을 그렇게까지 나쁘게 보는 송원이 이해가 되지 않는 모습이다.

"그자의 철시를 상대해 보니 알겠더이다. 지금으로는 부족하다는 것을! 조관이 뚫리면 다른 관문을 막고 있는 것도 아무 의미가 없소."

"그야 그렇지요."

"오죽노에게 전갈을 넣어주시오. 사람을 더 보내달라고 말이오."

"쉽지는 않을 겁니다. 목양의 마두들과 전면전을 앞두고 있으니……."

"그것도 이곳이 뚫리면 무용지물! 총군사도 뭐가 중요한지 알고 있을 것이오."

"일단 전갈을 넣겠습니다."

맹환이 대답을 하고는 뒤로 물러났다. 그러자 송원이 어두운 안색으로 중얼거렸다.

"어쩌면 우리 모두가 잘못 생각하고 있는 건지도 모르겠어. 오죽노의 말처럼 전력을 기울여야 했던 게 아닐까? 만에 하나

목양에서 진다면 각 문파의 주력을 자파에 남겨둔 이번 결정
은 구천맹을 분열과 파국으로 몰아넣을 것이다."

*　　　*　　　*

수백 채의 천막이 산허리를 가득 메우고 있었다. 멀리 여러
갈래의 물길에 둘러싸인 험한 석산과 그 위에 우뚝 서 있는 오
래된 성이 보인다.

목양이다.

목양의 성은 오래전 천하를 두고 뭇 제왕이 자웅을 결하던
시대인 전국시대에 만들어진 것으로 알려져 있었다. 천하가
통일되고 중원의 싸움이 줄어들자 목양성의 가치도 사라지게
되었다.

그 이후에는 북쪽 장성이나 서쪽 변경의 성들이 중요한 시
대가 되었던 것이다.

쓸모없어진 성에서 사람은 떠나고 길은 막혔다. 자연히 성
도 허물어져 갔다. 그렇게 겨우 뼈대만 남아 있던 목양의 성에
마천의 마인들이 찾아든 것이 일 년 전의 일이다.

처음에는 몇몇 마인이 은밀히 기거하며 호북과 호남, 그리
고 사천의 구천맹 맹도들을 기습하고 숨는 용도로 쓰이던 것
이, 일 년 전부터는 마천의 거마들이 모여들어 이젠 그야말로
마천의 중심이 된 곳이었다.

그 목양성이 바라보이는 곳에 자리 잡은 이 천막들은 대부

분 자부문과 비산문의 문도들이 세운 것이다.

목양의 마천 무리를 공격하기 위해 나선 구천맹도의 숫자는 일천에 육박했는데, 그중 육 할이 비산문과 자부문의 고수들이었다.

나머지 사 할은 오죽노가 구룡대산에서 끌고 온 구천맹의 정예들과 구파에서 형식적으로 파견한 일부 고수로 구성되어 있었다.

구구구!

아침이 밝아오기 시작한 구파의 숙영지에 이른 아침부터 한 마리 전서구가 날아들었다.

전장에서도 아침 산책을 거르지 않던 오죽노 혜간을 호위하던 두 명의 무인 중 한 명이 전서구를 받아 들었다. 그러고는 재빨리 전서를 꺼내 읽는다.

"조관의 전서인가?"

오죽노는 전서구의 모습만 보고도 어디서 온 전서인지를 알아챘다.

"그렇습니다."

오죽노의 오랜 심복, 이제는 가신이라 불러도 좋을 노고수 백로가 대답했다.

오죽노는 단신으로 구천맹에 들어온 이후 자신을 수행할 두 명의 고수를 구천맹도들 사이에서 직접 뽑았는데 그들이 지금 그를 수행하는 두 명의 노고수 백로와 황조였다.

두 사람은 구파 출신이 아니라 외부에서 들어온 구천맹도였

는데 오죽노 혜간을 따르기 시작한 이후 수많은 생사의 고난
을 함께하면서 이젠 오죽노의 완벽한 분신이 되어 있었다.

"뭐라는가?"

"시난 밤 마궁 종고구의 공격이 있었답니다."

"물리쳤나?"

"그렇습니다."

"역시 청허자! 그의 재주는 믿을 수 있지."

"그러나 다음번에는 자신할 수 없답니다. 구원을 청하고 있
습니다."

"청허자가 구원을?"

"그렇습니다."

"음… 그럼 정말 위험하단 말인데. 휴… 이곳의 사정도 급박
해 따로 사람을 뺄 수가 없는데 어찌한다?"

오죽노가 아미를 모으며 중얼거렸다.

"그러나 조관이 뚫려서야 승리를 장담할 수 없지 않습니
까?"

오죽노의 심복 황조가 입을 열었다.

"그렇긴 하지."

"마침 그들이 와 있지 않습니까?"

"그들?"

"무명도주 말입니다."

"흑성들 말이군."

"그렇습니다."

"좋아, 어쩔 수 없지. 다시 흑성을 쓰는 수밖에. 흑성 열을 보낸다. 무명도주가 함께 간다면 마궁을 막는 데 어려움이 없 겠지. 또한 기름을 함께 보내겠다."

"기름을요?"

"이 기회에 마궁 종고구를 사냥할 수 있다면 그 또한 즐거운 일이지."

제7장

마궁 종고구

　궁비영과 귀보전은 남동쪽에서 조관으로 들어가는 길을 바라보고 있었다.

　열 필의 말이 움직이고 있었다. 그런데 말과 사람 수가 같았지만 사람들이 말을 타고 움직이는 것은 아니었다.

　"뭘까요?"

　궁비영이 말 위에 싫은 검은 짐들을 보며 물었다.

　"언뜻 보면 물주머니 같습니다만……."

　귀보전이 대답했다.

　"조관이 절벽 위에 있으니 물이 부족한 것은 사실이지만 그 아래 계곡에서 길어 올려 쓰면 그만일 텐데요."

　"그러게 말입니다."

귀보전이 고개를 갸웃한다.

"물이 아니라면 양가죽 주머니에 넣어 움직일 물건이 뭐가 있을까요?"

"술이나… 기름 정도?"

"술과 기름이라. 마궁 종고구와 대치하는 와중에 술을 마실 리는 없을 테고 그럼 기름이겠군요."

"기름이라면 화공을 준비한다는 뜻입니다. 그야말로 오죽노 혜간이 즐겨 쓰는 계책이지요. 월곡투에서도 그렇고 마곡산에서도 그렇고… 그는 항상 화공을 즐겨 썼지요."

"화공을 쓰는 자의 마음은 독한 것이라 했는데……."

"그의 독심이야 이미 알고 있는 것 아닙니까?"

귀보전이 말했다. 그러자 궁비영이 잠시 생각에 잠겼다가 말했다.

"이대로라면 마궁 종고구가 곤욕을 치르겠군요. 절벽을 오르다 중간에 화공을 당하면 아무리 그라 해도 큰 손해를 볼 겁니다."

"어찌하시렵니까?"

"방법은 둘입니다. 종고구에게 화공을 경고하는 것, 아니면 지금 저 기름들을 빼앗는 것입니다. 그런데 그렇게 되면 우리의 존재가 드러날 수도 있겠지요."

"후후. 이러니저러니 해도 결국은 당사자들이 해결해야 할 문제겠군요."

"그렇지요. 그럼 마궁에게로 갈까요?"

"그러죠."

궁비영이 대답을 하고는 먼저 신형을 날렸다.

마궁 종고구가 여우 가죽을 이어 만든 털옷을 어깨에 두르고 조관을 바라보고 있었다.

조관의 모양은 하늘을 향해 날아오는 새와 같다. 새도 날아넘기 어려울 정도로 높기도 하려니와 그 모양에서도 연유된 이름임을 알 수 있는 조관이다.

"그래서 길을 낼 수 없다?"

종고구가 뒤를 돌아보며 물었다. 그러자 종서귀가 두려운 낯빛으로 말했다.

"오직 하나 있는 길은 일당천의 험로라······."

"그러나 그들은 올라오지 않았더냐?"

"그건 제가 부족해 성동격서의 술책에 당했기 때문입니다."

"그들이 계책을 내었으면 우리도 계책을 내면 된다. 다시 생각해 보거라!"

종고구의 명이 추상같다.

"알겠습니다. 좀 더 생각해 보겠습니다."

"서둘러라. 시간이 얼마 없어. 조만간 길을 내지 않으면 목양이 공격당할 것이다. 성내에 양식도 그리 충분치는 않을 터! 서둘러야 한다."

"다른 길은 어찌 되었습니까?"

"더 어려운 문제지. 봉황문과 당문에선 훨씬 많은 고수를 파견했어. 싸움을 대하는 태도가 무당과는 다르다."

"그렇겠군요."

"설혹 그쪽의 방비가 약하다 해도 우리가 먼저 목양에 들어가야 한다. 그래야 우리의 뜻대로 마천을 주도할 수 있어."

"명심하겠습니다."

"가보거라."

종고구의 말에 종서귀가 머리를 조아리고는 서둘러 종고구 앞을 벗어났다.

종서귀가 물러나자 지금껏 말없이 두 부자의 이야기를 듣고 있던 오랜 그의 수족 첨환이 조심스레 말했다.

"소주님을 너무 다그치시는 것이 아니올지……."

"이 정도 난관은 극복해야 하네. 그러지 못한다면 어찌 육마의 후예들과 경쟁을 하겠는가?"

"그렇기는 합니다만……."

"물론 그 아이에게만 일을 맡겨놓을 생각은 없네. 자네들이 수고를 좀 해줘."

"그리하겠습니다."

첨환이 고개를 숙여 보인다.

"환! 자네는 여기 남고, 옥륜과 사종이 가게. 은밀히 길을 찾아!"

"알겠습니다."

어둠 속에서 두 사람의 대답이 들렸다.

마궁 종고구에게는 유명한 세 명의 가신이 존재했다. 첨환

과 모옥륜, 그리고 이사종이라 불리는 자들인데 이들 삼 인의
궁술은 종고구에게 직접 사사를 받아 절정에 이르러 있었다.

특히 삼 인이 함께 펼치는 연환의 궁술은 강호에서 두려워
하지 않은 자가 없었다. 일단 세 사람의 펼치는 연환 궁술의
사정권에 들어오면 천하제일인이라도 살아 나갈 수 없다는 것
이 강호의 평판일 정도였다.

"가보게."

종고구가 다시 명을 내리자 어둠 속에 서 있던 두 사람이 사
라졌다. 그러자 종고구가 살짝 얼굴을 찌푸렸다.

"좋지 않아."

"무엇이 말입니까?"

첨환이 물었다.

"겨우 조관을 두고 이렇게 시간을 지체하는 것 말이네. 이래
서야 어디 체면이 서나……."

"형제들을 더 데려올걸 그랬을까요?"

"그도 우습지. 겨우 조관 하나에… 어쨌든 조관이 뚫리면 형
제들에게 모두 황하를 넘으라고 하게. 아마도 전면전이 벌어
질 게야."

"준비시키겠습니다."

"흐흠… 오죽노, 이번에는 반드시 네 목을 뚫어주마!"

종고구가 나직하게 중얼거렸다.

자신의 막사로 돌아온 종서귀가 조급한 표정으로 활탈에게

물었다.

"어찌하면 좋겠나?"

"저도 쉽게 방법이 떠오르지 않습니다."

"아버님이 저리 재촉하시니. 이미 조관을 빼앗겨 실망을 안겨 드렸는데… 후……."

"이런 말씀을 드려도 될지 모르겠는데……."

활탈이 말꼬리를 흐린다.

"말해보게."

"그것이 조금 허무맹랑한 이야기를 하는 자들이 있어서 말입니다."

"허무맹랑하다? 뭐가 말인가?"

"자신들이 조관을 함락할 방도를 알고 있다는 자들이 있습니다."

"응? 누군가?"

"불회가 아는 자들이라고 합니다."

"불회? 화양에 나가 있는 친구 아닌가?"

"그렇습니다. 그간 화양에 나가 주변 정세를 살피면서 두루두루 사람들과 친분을 쌓아놓은 모양입니다."

"그런 면에선 특출 난 친구지."

종서귀가 고개를 끄떡였다.

"그런데 그가 사귀어둔 사람 중에 조관의 지형에 대해 자신하는 사람이 있었답니다."

"어떤 자인가?"

"약초꾼입니다. 스스로 조관 동쪽 봉우리에서 삼이며 귀한 약재를 캤다는 자인데……."

"동쪽 봉우리? 그곳은 무인들도 오르기 힘든 곳이네."

"그렇지요. 그런데 그자가 그곳을 오르는 길을 알고 있답니다."

"음… 데려오게."

종서귀가 급히 말했다.

"그런데 본래 그런 자들은 허풍이 심해서… 시간을 들일 가치가 있나 싶기도 하고……."

"지금은 지푸라기라도 잡을 상황이네. 데려오게. 동쪽 봉우리에 오를 수만 있다면 아버님의 궁술로 조관의 전각에 살을 꽂을 수 있을 걸세. 그리된다면……."

"기습으로는 최상의 방책이지요."

활탈이 대답했다.

"데려오게."

"알겠습니다."

"그러니 조심해야 하오."

사내가 궁비영에게 단단히 주의를 주었다. 궁비영이 겁먹은 표정으로 투덜거렸다.

"아, 내가 당신에게 말해준대로 전하면 되지. 왜 날 오라는 거요?"

"그분께서 직접 궁 형의 말을 듣고 싶다지 않소?"

"제길, 불 형이 무림인인 줄 알았으면 말도 건네지 않았을 거요."

"미안하오. 하지만 아주 중요한 일을 하고 있어서 신분을 드러낼 수 없었소. 하지만 이번 일은 궁 형에게도 좋은 일이오."

"좋긴 뭐가 좋수? 잘못하면 목이 잘릴 판인데……."

궁비영이 손으로 목을 그어 보이며 퉁명스레 대답했다. 그는 제법 그럴듯한 약초꾼의 모습으로 변해 있었다.

유령사들을 통해 종서귀의 수하 불회의 존재를 알았고, 우연처럼 그에게 조관에 대한 이야기를 흘려 관심을 끈 것이 겨우 삼 일 전이었다.

그런데 단 삼 일 만에 종서귀가 궁비영을 찾았다. 일이 수월하게 풀릴 징조인 것이다.

"목이 잘릴 일은 없소."

"내 약초꾼 노릇을 하고 있어도 세상 돌아가는 사정은 제법 잘 알고 있소. 마천이라면 세상에서 가장 위험한… 음!"

궁비영이 말을 하다 말고 불회 역시 마천의 마인이라는 사실을 깨닫고 급히 입을 다물었다.

그러자 불회가 고개를 끄떡이며 말했다.

"맞소. 우리 마천은 세상에서 가장 위험한 사람들이 모인 곳이오. 그러나 우린 오직 적에게만 위험할 뿐 친구에게는 그 누구보다 믿을 만한 사람들이오."

"그래도……."

"너무 겁먹지 마시오. 몇 마디 물어보고 돌려보내 줄 테니."

불회가 궁비영을 안심시키는 사이 두 사람은 어느새 종서귀의 막사에 도착해 있었다.

"소주, 불회입니다."

"들어오게."

종서귀 대신 활탈의 대답이 들린다. 그러자 불회가 궁비영의 소매를 끌고 종서귀의 막사 안으로 들어갔다.

"소주를 뵈옵니다."

불회가 막사 안 깊숙이 앉아 있는 종서귀에게 고개를 숙이며 인사를 했다. 그러자 궁비영이 덩달아 종서귀에게 허리를 숙인다.

"어서 오게. 그 사람인가?"

종서귀가 불회의 인사는 받는 둥 마는 둥 하며 궁비영에게 관심을 보였다.

"그렇습니다."

불회가 얼른 대답했다.

"자네가 조관 맞은편 동쪽 봉우리에 오르는 길을 안다고?"

종서귀가 궁비영에게 물었다.

"그, 그렇습니다."

"허언이면 살아가지 못하네."

"제가 어찌 감히……."

"직접 올라가 봤는가?"

"그렇습니다. 마침 오래된 삼과 하수오가 필요해서……."

"어찌 올랐는가?"

"그것이… 봉우리 하단에서 줄을 던져 나무에 걸어 올랐습니다."

"문제는 봉우리 중턱일 텐데. 그 유리날 같은 절벽을 어찌 올랐단 말인가? 짐승도 미끄러질 곳인데…….."

"그런데 그게 그렇지가 않습니다."

"무슨 소린가?"

종서귀가 몸을 앞으로 숙이며 물었다.

"저도 처음에는 그런 줄 알았습니다. 그런데 직접 봉우리 중턱에 올라보니 아주 오래전 누군가 만들어놓은 길이 있었습니다."

"길이 있다고!"

종서귀가 놀란 표정으로 물었다.

"그, 그것이 길이라고 하기는 뭐하고… 언제인지 모르겠지만 봉우리 정상에 오른 사람이 있었나 봅니다. 작은 쇠고리를 바위틈에 박아놓았는데 아마도 그 고리에 줄을 이어 매어 위로 올라간 것 같습니다. 처음 보았을 때는 이끼에 덮여 사람들 눈에 띄지 않았었지요. 그런데 그 망할 놈의 뱀이 그리로 들어가서는……."

"뱀이라니. 그건 무슨 소린가?"

"제가 그곳에서 그 귀하다는 백사를 보았지 않습니까?"

"백사(白蛇)!"

종서귀가 다시 놀란다. 백사는 영물이다. 반드시 귀한 약초가 있는 곳에만 산다는 녀석이 백사다.

"그렇습니다. 그 백사 녀석을 잡으려다가 우연히 예전 쇠고리를 발견한 것이지요. 그래서… 그만 백사도 욕심이 나고, 봉우리 위의 약초도 욕심이 나서 죽을 줄 모르고 올라갔습니다. 마침 가져간 밧줄이 고리에 맞더라고요."

"그랬군."

종서귀가 고개를 끄떡였다. 그의 입가에 한줄기 미소가 생긴다. 거짓말이 아니라면 조관을 다시 탈환할 수 있는 결정적인 단서였다.

"그래, 백사는 잡았나?"

문득 활탈이 물었다. 그의 눈에는 불신의 기운이 역력했다.

"웬걸요. 놈이 워낙 날래서 잡지 못했지요. 대신 하수오와 삼은 제법 실하게 캐왔습니다. 뭐… 그 때문에 여기 불 형을 만난 것인데……."

궁비영이 슬쩍 불회를 바라봤다. 그러자 불회가 대답했다.

"하수오는 제 눈으로 확인했습니다. 귀한 듯하여 제가 사놓았습니다."

"음, 하수오가 문제가 아니야. 지금 가면 누구든 찾을 수 있겠나? 그 쇠고리 말이야."

"위치만 정확히 알고 가시면 문제없지요. 제가 이끼로 다시 덮어놓기는 했지만……."

"후후. 욕심이 났나 보군."

"그렇습니다. 귀한 약재가 나는 장소는 함부로 나눌 수 없는 것이지요."

궁비영이 얼른 대답했다.

"그럼 이번에 우리가 그곳에 오르면 자넨 손해가 제법 크겠는걸?"

"그렇겠지요."

"그런데 왜 우리에게 그 길을 알려준 것인가?"

이번에는 활탈이 날카로운 눈으로 궁비영을 보며 물었다. 그러자 궁비영이 두려운 빛으로 대답했다.

"불 형께서… 스스로 마천의 사람이라 말하시는데 어찌 감히 제가……."

"겁을 먹었단 말이군."

"저도 마천의 무서움은 익히 들어 알고 있습니다."

궁비영이 머리를 조아리며 대답했다. 그러자 그 모습을 지켜보고 있던 종서귀가 입을 열었다.

"활탈!"

"예, 소주!"

"그에게 충분한 은자를 주어 보내게."

"알겠습니다."

"이보시게."

종서귀가 궁비영을 불렀다.

"예, 대협!"

"흐흐흐. 대협이라니 낯간지럽군. 아무튼 우리 마천의 사람들은 그리 흉악한 사람들이 아니네. 오늘 내게 중요한 정보를 주었으니 그 값을 제대로 쳐서 받게 될 걸세. 그러나 만약 자네의 말이 사실이 아니라면 그날로 자네 목숨도 끝이네."

"여, 여부가 있겠습니까?"

궁비영이 얼른 고개를 조아린다. 그러자 종서귀가 활탈을 보며 고개를 끄떡였다.

"따라오게."

활탈이 궁비영을 불렀다. 궁비영이 급히 활탈을 따라 종서귀의 천막을 벗어났다.

쩔렁쩔렁!

산길을 걷는 궁비영이 손에 든 한 꾸러미의 은자를 손아귀에서 놀리고 있었다.

그런 그의 앞에 귀보전이 불쑥 나타났다.

"벌이가 좀 되셨나 보군요."

귀보전이 농을 한다.

"값을 후하게 치르더군요."

궁비영이 빙그레 미소를 지었다.

"아무튼 이제 오죽노는 머리가 좀 아프겠습니다."

"화공에 대한 이야기는 하지 않았습니다."

"그럼 종고구가 조관을 차지하기 쉽지 않을 텐데요?"

귀보전이 의아한 표정으로 물었다.

"그래도 마천은 조관을 차지할 겁니다. 길이 났으니 어떻게든 말이지요. 물론 양쪽 다 피해는 크겠지요."

"양패구상. 그렇군요. 그게 좋을 것 같습니다."

양패구상이야말로 유령문이 마천과 구천맹에게서 원하는 최선의 결과다. 그것이 아무리 작은 싸움일지라도 말이다.

"가셨던 일은 어찌 되었습니까?"

이번에는 궁미녕이 물었다.

"유령사들이 쇠고리를 박아놓았으니 마궁 종고구가 봉우리에 올라가는 것은 어렵지 않을 겁니다."

"자, 그럼 이제 기다리는 일만 남았군요."

"그 은자로 좋은 술이라도 사주시렵니까?"

"술 마시며 싸움 구경을 한다. 나쁘지 않군요."

궁비영이 환하게 웃으며 고개를 끄떡였다.

*　　*　　*

마궁 종고구가 고개를 끄떡였다. 그러자 수하 십여 명이 조관의 절벽을 타고 오르기 시작했다.

그들은 머리 위에 가는 쇠를 이어 만든 챙이 넓은 갓을 쓰고 있었는데 아마도 머리 위에서 떨어지는 암기를 막기 위함인 듯 보였다.

절벽을 타기 시작한 마천의 마인들은 넓은 간격을 유지하며 위로 올라갔다. 절벽에서 한데 뭉쳐 움직이는 것은 어리석은 일이다.

그렇게 얼마나 올랐을까. 문득 절벽 위에서 불꽃이 일어났다. 그러자 사방이 대낮처럼 환해졌다.

"다시 오다니 정말 어리석구려, 마궁!"

절벽 위에 모습을 드러낸 자는 청허자 송원이다.

"그대야말로 오늘까지 이곳에 남아 있다니 목숨이 아깝지 않은 모양이군."

종고구가 절벽 아래에서 대답했다. 그의 음성이 절벽에 부딪혀 메아리를 이루며 사방으로 퍼져 나갔다.

"계속 고집을 부린다면 그대의 전설도 오늘로써 끝이 날 것이오."

"하하하. 기대가 되는군, 과연 어떻게 날 막아낼지. 그럼 인사나 할까!"

쐐액!

종고구의 말이 끝나는 순간 한 대의 화살이 벼락처럼 청허자를 향해 날아 올라왔다.

청허자는 이미 종고구가 쏘는 철시의 위력을 잘 알고 있었기에 급히 뒤로 신형을 물렸다. 그런데 그때부터 절벽 아래에서 연이어 화살들이 날아오르기 시작했다.

"악!"

기습적인 화살 공격에 구천맹의 무사 두어 명이 비명을 지르며 절벽 아래로 떨어졌다.

청허자의 얼굴에 노기가 솟구친다.

"이놈들! 준비하라!"

청허자의 명이 떨어지자 뒤쪽에 대기하고 있던 구천맹의 고수들이 검은 가죽 주머니를 들고 앞으로 다가왔다.

"부어라!"

청허자가 명을 내렸다.

"너무 이른 것 아닌지요?"

화산의 고수 맹환이 청허자를 보며 물었다.

"흑성들이 후방에도 불을 놓을 것이오."

청허자가 말했다.

"그렇다면야……."

맹환의 눈이 번뜩인다. 대호 사냥을 앞에 둔 사냥꾼의 눈이다. 마궁 종고구라면, 그를 사냥하는 데 성공한다면 이 조관 싸움에 참여했던 구천맹의 고수들은 일약 무림의 영웅으로 떠오를 것이다.

노회한 맹환이지만 그래도 강호의 명성은 달콤한 유혹이다.

맹환과 청허자가 이야기를 나누는 사이 구천맹 고수들이 절벽 위에서 기름을 쏟아붓기 시작했다.

촤아악!

양의 가죽을 통째로 벗겨 만든 가죽 주머니에서 흘러나온 기름들이 절벽을 타고 오르는 마천의 마인들 머리 위로 떨어졌다.

"기름입니다!"

절벽 아래에 서 있던 마천의 마인 중 하나가 종고구의 심복 첨환에게 달려와 급히 전했다.

"이놈들이 제법 준비를 했구나!"

첨환이 이를 갈며 중얼거렸다.

"어찌할까요?"

"뒤로 물러나라. 그러나 절벽에서 아주 벗어나면 안 돼! 최대한 불길을 피하되 계속 요란을 떨어야 한다."

"그러나……."

"피해는 어쩔 수 없다. 주군께서 동쪽 봉우리에 오를 시간을 드려야 한다!"

"알겠습니다."

마천의 마인이 고개를 숙여 보이고는 그가 왔던 곳으로 다시 달려나갔다.

그러자 첨환이 동쪽 봉우리로 시선을 돌리며 중얼거렸다.

"서두르셔야 할 텐데… 시간이 없어. 화공을 당하면 오래 버티지 못한다."

"아악!"

길게 사람의 신음성이 이어졌다. 순간 남쪽 절벽에서 불길이 치솟았다.

불은 삽시간에 절벽을 타고 번져 갔다. 순식간에 천지가 그 솟구치는 불길로 대낮처럼 환해졌다.

"화공입니다."

종고구의 뒤를 따라 동쪽 봉우리 중턱까지 올라와 있던 종서귀가 소리쳤다.

"악독한 놈들! 정파라는 자들이 화공을 쓰다니!"

"필시 오죽노, 그자의 계책일 것입니다."

"하긴 그자는 화공을 즐겨 쓰지. 월곡투의 그날도 그러하고……."

"어찌할까요?"

종서귀가 급히 물었다.

"내친걸음이다. 이젠 어쩔 수 없어. 서둘러 오르는 수밖에!"

"알겠습니다. 제가 앞에 서겠습니다."

"그리해라!"

종고구의 허락이 떨어지자 종서귀가 나는 듯이 절벽을 타기 시작했다.

사람이라면 절대 오르지 못할 거란 동쪽 봉우리의 절벽이다. 유리알처럼 매끄러운 벽면이 수십 장 이어져 있는 곳도 있었다.

그러나 종서귀에게 매끄러운 절벽은 크게 방해가 되지 않았다. 절벽 중간중간에 오래된 쇠고리들이 박혀 있었기 때문이었다.

일단 손가락 하나만 걸면 빙벽도 오를 수 있는 무인들이다. 당연히 종서귀에게 절벽은 더 이상 방해물이 아니었다.

종서귀를 선두로 마천의 마인들이 순식간에 매끄러운 절벽을 벗어났다. 그 후부터는 비록 험하기는 하지만 그래도 나무와 바위가 있는 봉우리다.

마천의 마인들이 나는 듯이 봉우리 서쪽으로 향했다.

"얼마나 되겠느냐?"

먼저 도착해 있는 종서귀를 따라 어느새 장내에 도착한 종고구가 물었다.

"최소한 삼십여 장은 될 듯합니다만. 어쩌면 더 길지도……."

"짧지 않군."

"하지만 아버님이시라면 충분히 철시를 꽂아 줄을 걸 수 있는 거리가 아닌지요."

"문제는 과연 그 줄을 건너는 동안 반격이 없을 것이냐는 거다. 반격이 있다면… 지옥행이지."

"어찌하시겠습니까?"

역시 결정은 종고구의 몫이다. 그러자 종고구가 한줄기 미소를 지으며 대답했다.

"물론 위험하기는 하지만 여기까지 와서 물러날 수는 없지. 나, 종고구가 말이야. 화살을 가져와라."

종고구의 명에 수하들이 기이하게 생긴 화살을 가져왔다. 다른 화살보다 촉이 서너 배는 커 보이고, 그 가운데에는 기이하게도 유선형의 구멍이 나 있었다.

더 이상한 것은 화살 뒤쪽의 모양이었다. 보통의 경우 새의 깃털을 엇갈려 꽂아 화살의 중심을 잡고 속도를 높이게 마련인데, 종고구에게 건네진 화살은 깃털 대신 작은 고리 안으로 긴 줄이 매여 있었다.

줄은 너무 가늘어서 그물이나 엮으면 될 듯했는데 종고구가 양손으로 잡아당기자 날카로운 파공음을 만들어내며 쇠처럼 꼿꼿하게 일어섰다.

"모든 성패는 네놈에게 달렸다."

종고구가 손에 든 화살을 보며 중얼거렸다. 그러고는 재빨리 등 뒤에 메고 있던 철궁을 꺼내 시위에 화살을 먹였다.

팡!

한순간 화살이 시위를 떠났다.

쐐애액!

화살이 바람 가르는 소리가 길게 이어졌다. 어둠을 뚫고 날아가는 화살 뒤를 가는 줄이 꼬리를 물고 따라갔다.

잠시 후 화살에 매였던 줄이 힘을 잃고 축 늘어졌다. 화살이 건너편 노송의 밑동에 박힌 것이다.

종고구가 눈으로 화살이 꽂힌 부위를 확인한 후 다시 다른 화살 하나를 날려 보냈다.

그렇게 종고구는 다섯 대의 화살을 조관의 전각 후위의 송림에 꽂아 넣었다.

"시작해!"

화살 다섯 대를 날린 종고구가 명을 내렸다. 그러자 마천의 마인 다섯이 앞으로 나서더니 화살에 매여 이쪽과 연결되어 있는 줄을 살살 당기기 시작했다.

그런데 화살에 매여 날아간 줄들은 하나가 아니라 가는 줄 두 개를 모아 만든 것이었다. 마인들은 그 줄 한쪽을 당기고 있었다. 그러자 반대편 줄이 앞으로 딸려 나가더니 어느 순간 앞으로 딸려 나가는 줄의 굵기가 굵어지기 시작했다.

일각 후 조관 뒤쪽 숲과 종고구가 있는 동쪽 봉우리 사이에 어른 새끼손가락 굵기의 줄 다섯 개가 연결됐다. 실로 기상천외한 방법이 아닐 수 없었다.

아마도 천하에서 오직 마궁 종고구만이 할 수 있는 일일 터였다. 그의 기이한 궁술이 아니라면 불가능했을 줄다리가 만들어지자 종고구가 주위를 돌아보며 물었다.

"누가 앞에 서겠는가?"

그러자 종서귀가 나왔다.

"제가 하겠습니다."

"안 될 말입니다. 어찌 소주께서 앞에 서십니까? 제가 가지요."

종고구의 오랜 심복 모옥륜이 종서귀를 말린다. 그러자 종고구가 고개를 끄떡였다.

"이번 일은 옥륜이 맡는다. 네 사람을 데리고 먼저 가라. 적과 마주치면 싸우려 들지 말고 줄을 지켜라."

"알겠습니다. 따라라!"

모옥륜의 말에 마천의 마인 넷이 모옥륜 쪽으로 다가선다. 그러자 모옥륜이 망설이지 않고 줄에 가죽끈을 걸쳤다.

"간다!"

모옥륜이 말을 뱉어내고는 줄을 타고 반대편 숲으로 미끄러져 가기 시작했다.

"솜씨들이 좋군요!"

멀리서 마천의 마인들이 조관으로 넘어가는 것을 보고 있던 귀보전이 말했다.

"과연 마궁이군요."

궁비영은 오히려 마궁의 활 솜씨가 감탄스런 모습이었다. 그가 쏜 화살의 괴이함도 괴이함이지만 그 먼 거리에서 사람의 무게를 지탱할 만큼 강한 살을 날렸다는 것이 믿기 힘들 정도였다.

"저도 조금 의웁니다. 궁술만의 문제가 아니라 공력이 저리 대단한 줄은 몰랐습니다. 오늘… 청허자가 고생을 좀 하겠군요."

"그가 미련한 사람이 아니길 바라야지요."

"그건 무슨 말씀이십니까?"

귀보전이 물었다.

"지난번 그가 구천맹도들을 이끌고 조관을 칠 때 종서귀는 불리함을 아는 순간 바로 몸을 뺐지요. 그래서 이렇게 오늘날 반격을 가할 수 있게 된 것 아닙니까?"

"그렇지요."

"그런데 과연 청허자에게도 그런 융통성이 있을까요? 그는 정파의 큰 산이라 자처하는 무당의 도사인데……."

"음… 그렇군요. 그가 버틴다면 필시 마궁의 손에 죽게 될 겁니다. 무공도 무공이지만 전세가 불리하니 마궁이 손을 쓸 때까지 버티지 못할 수도 있지요."

"가죠."

"조관으로 말입니까?"

귀보전이 묻자 궁비영이 고개를 끄떡였다.

"하지만 길이 없지 않습니까?"

"불길이 잦아들고 있어요. 더더욱 마궁이 측면을 치면 구천 맹도들은 절벽을 감시할 이유가 없지요."

"아이구, 이 늙은이더러 절벽을 타라는 말씀이십니까?"

귀보전이 엄살을 피운다.

"남아계셔도 좋습니다. 하지만 싸움 구경은 가까이서 해야 제맛이지요."

"흐흐. 그렇긴 하지요. 가시지요."

귀보전이 실소를 흘리며 훌쩍 나무 위에서 뛰어내렸다.

조관 동쪽의 송림에 마궁 종고구가 나타나는 순간 전세는 뒤집어졌다. 종고구가 굳이 활을 쏘거나 도검을 휘두를 필요도 없었다. 단지 그의 존재 자체가 구천맹도들의 전의를 꺾었다.

그런 구천맹도들을 향해 종서귀를 필두로 마천의 마인들이 강전을 쏘아대며 전진했다.

"막아라! 전각에 들어서는 안 된다!"

이미 마궁이 조관에 올라온 것을 안 순간 청허자는 모든 전력을 전각으로 모이게 했다. 지형의 이로움은 아직 자신들에게 있다고 생각하고 결정한 일이었다.

그리고 그가 믿는 또 하나의 힘이 있었다. 마궁의 퇴로를 막기 위해 움직였던 흑성들, 그들이 돌아와 적의 후미를 친다면 이 싸움의 승패는 그때부터 다시 시작될 것이다. 그러니 흑성들이 돌아올 때까지만 버티면 되는 것이다.

"활을 쏴라!"

화산의 고수 맹환의 목소리가 들렸다. 청허자와 멀리 떨어지지 않은 곳에서 맹환이 사력을 다해 적의 접근을 막고 있었다.

그의 곁에는 제법 큰 부상을 입었던 왕풍까지도 나와서 적을 막아서고 있었다.

전각에서 구천맹도들이 쏘아대는 화살이 빗살처럼 마궁 종고구를 향해 날아갔다.

그러나 활 싸움이라면 종고구와 그의 수하들을 이길 수 있는 사람이 천하에 없다.

종고구가 자신을 향해 날아오는 화살 하나를 낚아채더니 번개처럼 철궁에 걸어 활을 다시 날아온 곳으로 돌려보냈다.

피융!

종고구의 시위를 떠난 화살이 날아올 때보다 서너 배는 빠르게 전각을 향해 날아갔다.

"악!"

날카로운 비명이 터져 나왔다. 종고구가 쏘아 보낸 화살이 정확하게 그 화살의 본래 주인이었던 자의 목을 꿰뚫은 것이다.

"청허자! 애꿎은 형제들을 모두 죽일 셈인가?"

마궁 종고구가 사자후를 터뜨렸다. 그러자 조관 일대가 지진이 난 듯 흔들린다. 마궁 종고구의 전율적인 공력이 여실히 드러나고 있었다.

그 때문일까. 치열하던 양쪽의 화살 공방전이 거짓말처럼 멈췄다. 그리고 조관의 전각 위에 청허자가 올라섰다.

"마궁 마궁 하더니 과연 명불허전이오!"

"조관을 내어놓고 간다면 죽이지는 않겠다!"

종고구가 소리쳤다.

"하하하. 조관이 뚫리면 천하의 마두들이 목양으로 몰려갈 것인데 내가 어찌 그럴 수 있겠소?"

"생각보다 어리석군. 그대가 이곳에서 죽든 살든 어쨌든 조관은 내 손에 들어오게 되어 있다."

"누가 그러더이까? 조관이 그대의 손에 들어간다고?"

청허자 송원이 비웃듯 대꾸했다. 그러자 마궁이 눈썹이 꿈틀거린다.

"구파의 수장이라 해도 감히 날 비웃을 수는 없다. 그런데 감히 너 따위가?"

마궁 종고구가 천천히 화살 한 대를 꺼내 들었다. 검은빛이 도는 강전이다.

"그대가 조관에 오른 재주는 정말 신묘하다 할 것이오. 그러나 그뿐. 이 전각을 점할 수 있겠소? 장담하건대 단 한 사람의 마두도 이곳에 들어오지 못할 것이오. 그리고 이 밤이

지나면… 마천의 마두들보다 본 맹의 영웅협사들이 먼저 조관으로 달려 올 거요. 그러니 살고 싶거든 그대가 물러가시오."

"진정 그리 생각하는가?"

"다른 고견이 있소?"

청허자는 시간을 끌수록 유리했다. 흑성들이 돌아올 시간을 벌 수 있기 때문이었다.

흑성들이 돌아오면 그의 말대로 이 전각을 하루 이틀은 지켜낼 수 있을 것이다. 그리고 그사이 맹의 원군이 도착할 테니 싸움의 승패는 그때부터랄 수 있었다.

"날 잘 모르는군. 아니면 생각보다 어리석은 건가?"

마궁 종고구가 혼잣말을 중얼거리며 활을 시위에 걸었다. 그러고는 청허자를 향해 화살을 겨눴다.

"하하하. 마궁! 그대의 궁술이 아무리 신묘해도 나 역시 그리 간단한 사람은 아니오. 그 거리에서 날 맞출 수 있을 것 같소?"

청허자가 조롱하듯 물었다.

"물론 맞추려면 못할 것도 없지. 그러나… 지금 그대 하나 죽여 봐야 무슨 소용이 있겠는가? 나에게 필요한 것은 그대의 목숨 따위가 아니야. 이 조관이지!"

말이 끝나는 순간 종고구가 시위를 놓았다.

피융!

강렬한 파공음이 일어나며 검은색 강전이 전각을 향해 날아갔다. 그런데 이상하게도 화살이 날아가는 방향이 청허자 송원이 있는 곳이 아니었다.

청허자의 눈빛이 변했다. 마궁 종고구 같은 자가 목표를 잘못 겨눌 리 없다. 이는 필시 다른 목적이 있는 것이다.

청허자의 시선이 자연스레 종고구가 쏜 화살로 향했다. 그러다가 그의 눈이 커졌다.

"저런……!"

쾅!

청허자의 말이 채 끝나기도 전에 종고구의 화살이 전각의 한쪽 벽에 부딪혔다.

절벽 위에 세운 전각이라 벽이 곧 담이요, 성벽이다. 그런데 그 벽이 종고구의 화살에 적중되는 순간 모래성처럼 무너져 내렸다.

실로 엄청난 위력이었다.

"막앗! 놈들이 전각 안으로 들어오면 안 된다."

청허자가 급하게 소리쳤다. 그러자 구천맹의 맹도들이 구멍이 뚫린 벽 쪽으로 몰려갔다.

"이미 늦었다!"

종고구의 목소리가 들려왔다. 그리고 다시 십여 대의 화살이 벽에 뚫린 구멍을 향해 일제히 날아들었다.

"악!"

"큭!"

적의 침입을 막기 위해 이동했던 구천맹의 맹도들이 비명을 지르며 고꾸라졌다.

"가서 무당의 도사 놈을 내 앞에 데려와라!"

종고구가 이미 자신을 지나쳐 앞으로 틸려나가고 있는 마천의 바인늘에게 명을 내렸다.

제8장

불타는 계곡

청허자 송원은 예상만큼 고지식한 사람이 아니었다.

"불을 놔라!"

"노사!"

화산의 맹환이 놀란 눈으로 송원을 바라봤다.

"물러나야 하오. 지금으로썬 그를 막을 수 없소. 이젠… 흑성들이 온다 해도 어렵소. 전각이 뚫린 이상은."

"그렇다 해도 불을 놓는다는 것은……."

"이 전각을 남겨두면 놈들의 요새가 될 거요. 훗날 다시 이곳을 공격하려 할 때는 성 노릇을 할 것이고… 태워 버리는 게 낫소."

"음……."

맹환이 나직하게 침음성을 흘렸다.

말인즉 옳지만 사실 이 조관의 전각은 그렇게 함부로 태울
수 있는 것이 아니었다. 전각의 역사는 수백 년, 무림의 것만이
라고 할 수 없었다.

마천의 무리가 들어오기 전만 해도 이 전각은 수많은 시인
묵객들이 찾아들어 목양의 아름다운 잔도를 노래하던 곳이 아
니던가. 태운다면, 그리고 그 사실이 천하에 알려지면 청허자
나 혹은 그 자신의 명성에 큰 흠이 될 일이었다.

"어서 불을 놔라!"

그러나 맹환의 속마음과는 다르게 청허자는 단호했다. 이럴
때 보면 사람들이 청허자 송원을 잘못 알고 있는 것인지도 모
른다는 생각이 드는 맹환이다.

이렇게 과단하고, 독한 행동을 하는 송원의 모습은 평소의
인자한 무당 도사의 모습과는 너무도 다른 것이었다.

"제가 하지요."

맹환이 훌쩍 몸을 날려 구천맹도들에게서 횃불을 뺏어 들고
는 전각 곳곳에 불을 놓기 시작했다.

그사이 마천의 마인들이 밀물처럼 전각으로 밀려들었다.

"물러난다!"

송원이 다시 퇴각 명령을 내렸다.

송원의 명이 떨어지자 두려움 가득하던 구천맹의 맹도들이
서둘러 불타는 전각을 벗어나기 시작했다.

"도주라… 역시 현명한 자군!"

마궁 종고구가 천천히 전각의 앞쪽을 돌아 서쪽으로 향했다. 그런데 천천히 걷는 듯한 그의 신형이 눈 깜짝할 사이에 전각의 서쪽 출구에 도착했다.

그리고 그때 송원과 맹환이 왕풍을 가운데 두고 전각을 빠져나오고 있었다.

"오서 오시오, 청허자!"

전각 밖으로 뛰쳐나오는 송원을 보며 마궁이 소리쳤다. 순간 청허자 일행의 발걸음이 멈췄다.

낭패한 기색이 역력하다. 설마 마궁 종고구가 전각으로 들어가지 않고 자신을 잡기 위해 서쪽 출구를 지킬 줄은 몰랐던 것이다.

"기어이 생사를 결하자는 말이군."

청허자 송원이 이를 갈며 말했다.

"물론 무릎을 꿇겠다면야 다시 생각하리다!"

"후후후, 허황한 말이로다! 어찌 무당의 법을 따르는 자가 마두 앞에 무릎을 꿇겠는가?"

"하면 죽을밖에!"

종고구가 무심히 말하고는 전대에서 두 대의 철시를 꺼내 양손에 들었다. 화살을 쏠 것은 아닌 모양이었다.

그 모습을 본 송원이 말했다.

"마궁의 진정한 무공은 철궁이 아니라 철시에서 나온다고 하던데 오늘 그 솜씨를 보게 되었군."

"아주 좋은 구경이 될 거요. 저승길 가야 하는 그대에 대한 내 선물이라 생각하시오."

팟!

한순간에 마궁 종고구가 허공을 가로질러 청허자 머리 위로 떨어져 내렸다.

그야말로 전율적인 경공이다.

"기회를 보아 이곳을 벗어나시오!"

청허자가 마궁 종고구의 무공에 두려운 빛을 보이면서도 맹환과 왕풍에게 당부를 하고는 서둘러 검을 앞으로 뻗어냈다.

청허자의 검에 청색 기운이 감도는가 싶은 순간 갑자기 그의 검이 두 배로 늘어났다.

검기다. 청허자의 검에서 일어난 검기가 그대로 마궁 종고구의 가슴을 찔렀다. 일체의 군더더기 없는 초식. 살수의 초식이라고 해도 믿을 수 있는 청허자의 검초다.

"좋아!"

자신의 심장을 찔러오는 청허자의 검을 보며 마궁 종고구가 소리쳤다. 동시에 그의 왼손이 움직였다.

창!

날카로운 소리를 내며 종고구의 철시가 부러질 듯 휘어졌다. 청허자의 검기를 거슬러 올라가 그의 검을 막아낸 철시는 그러나 강풍에 휘어지는 갈대처럼 쉽게 부러지지 않는다.

그리고 전세는 금세 변했다. 청허자의 검을 왼손에 든 철시로 막아낸 종고구가 오른손에 들고 있던 철시를 청허자의 허벽지에 꽂아 넣은 것이다.

"큭!"

청허자의 입에서 신음 소리가 흘러나왔다. 동시에 그가 비틀거리며 서너 걸음 뒤로 물러났다.

그러자 어느새 다시 한 대의 철시를 뽑아 든 종고구가 청허자에게로 날아들었다.

"이거 너무 쉬운 걸! 실망이오, 청허자!"

입은 청허자를 조롱하고 있지만 종고구의 손에 들린 철시는 독사처럼 청허자의 심장을 뚫어왔다.

"이놈!"

청허자의 입에서 노성이 터져 나왔다. 그의 검이 머리 뒤로 돌아가더니 이내 벼락처럼 앞으로 튕겨 나왔다.

웅!

검에서 묵직한 파공음이 일어났다.

쩌적!

순간 청허자와 종고구 사이에서 공기가 찢어지는 듯한 소음이 일어났다.

종고구가 재빨리 철시를 거두고는 뒤로 물러났다.

콰앙!

종고구가 물러난 곳에 청허자의 검기가 떨어졌다. 한 자 깊이의 구덩이가 땅에 파였다. 청허자가 검에 모은 진기의 힘을 알 수 있다.

"그렇게 힘을 써서야 십초나 견디겠소?"

종고구가 진기를 무리하게 운용해 얼굴이 하얗게 변한 청허자를 보며 물었다.

"걱정 말거라. 죽을지라도 마두 한 명쯤은 데려길 힘이 되니까."

청허자의 입가에 미소가 생긴다. 종고구의 표정이 굳었다.

물론 무공으로는 당연히 종고구가 한 수 위다. 아무리 청허자가 무당의 고수라 해도 마천육마를 감당할 수는 없다.

그러나 그런 청허자라도 죽기를 각오하고 사즉생의 길을 택한다면 종고구도 얼마간의 손해는 감수해야 할 터였다.

"좋아, 인정하지. 청허자 송원이라는 명성에 어울린다. 그래서… 나 또한 도박을 하기는 싫군."

종고구의 말은 얼핏 들으면 싸움을 포기하겠다는 말처럼 들렸다. 그러나 그의 다음 행동은 싸움을 포기하는 자의 것이 아니었다.

종고구가 익숙하게 철궁을 꺼내 손에 든 철시를 시위 걸었다.

"내 활을 세 번만 피할 수 있다면… 그대를 보내주지."

궁술로 상대한다면 종고구에게는 어떤 피해도 없다. 그는 무척 현실적인 사람이었던 것이다.

"죽기 전에 마궁의 활을 상대하는 것도 나쁘지는 않겠지."

청허자도 호승심이 일어나는지 검을 들어 종고구를 겨눴다. 그러고는 그대로 종고구를 향해 돌진하기 시작했다.

궁술을 상대하는 가장 좋은 방법은 도주하거나 혹은 접근해

거리를 주지 않는 것이다.

팟!

청허자가 움직이는 순간 첫 번째 화살이 종고구의 시위를 떠났다.

차앙!

청허자의 검이 종고구의 화살을 막았다.

퍽!

그러나 검에 밀려나는 듯했던 화살은 기이하게 회전하면서 청허자의 왼쪽 어깨에 꽂혔다.

"욱!"

청허자가 비틀거렸다.

이미 다리에 철시가 꽂힌 청허자다. 그런 몸 상태로는 마궁 종고구를 제대로 상대할 수 없다. 그러나 그렇다고 그냥 선 채로 종고구의 화살에 심장을 내줄 수는 없는 일이다.

"핫!"

청허자가 큰 소리로 흩어지는 정신을 깨우며 다시금 종고구를 향해 신형을 날렸다.

"과연 무당! 기개가 대쪽 같구나!"

종고구의 입에서 감탄사가 흘러나왔다. 그러면서 종고구가 두 번째 화살을 날렸다.

웅!

두 번째 화살은 처음보다 무척 느리게 움직였다. 하지만 청허자는 이 두 번째 화살이 첫 번째 화살보다 배는 더 위험하다는 것을 알고 있었다.

화살이 보통보다 느리게 움직인다는 것은 종고구가 진기로서 화살을 온전히 통제한다는 의미다. 이건 활이 필요 없는 궁술이다. 이기어시쯤으로 불러도 좋을 궁술이다.

청허자의 검에 다시금 검기가 서린다. 청허자 역시 자신의 모든 진기를 검에 모으고 있었다.

청허자의 눈에는 두려움이 없었다. 그가 생사의 경계를 지나 온전히 무인으로서 고수 마궁 종고구를 상대하는 일에 열중하고 있다는 것을 알 수 있는 모습이다.

놀라운 격돌이었다.

화살이 검 앞에서 멈춰 서 있었다. 앞으로 밀고 나가려는 화살은 천천히 회전하고 있었고, 청허자의 검은 화살의 반자 앞에서 부들부들 떨리고 있었다.

검기와 철시의 경계는 빈 공간이었지만 고수들의 눈에는 수없이 많은 진기의 줄기들이 서로 얽혀 있는 것이 보였다. 밀려나는 자는 치명상을 입을 것이다.

"수고했소. 그리고 대단했소. 나, 종고구가 인정하리다!"

문득 종고구가 입을 열었다. 그러면서 그의 두 손이 앞으로 향했다. 어느새 그의 두 손이 철시의 뒷부분을 부여잡고 있었다. 그러고는 온 힘을 다해 철시를 앞으로 밀었다.

"큭!"

한순간 청허자의 입에서 신음성이 흘러나왔다. 그의 검이 부러질 듯 휘어졌다. 그리고 다음 순간 정말 검이 부러졌다.

깡!

청허자의 검이 두 동강 났다. 그 틈을 종고구의 화살이 무섭게 파고들었다. 청허자가 본능적으로 몸을 틀었다.

퍽!

왼쪽으로 몸을 날리는 청허자의 가슴에 철시가 박혀들었다.

"악!"

청허자의 입에서 비명이 터져 나왔다. 청허자가 가슴에 화살을 꽂은 채 땅을 나뒹굴었다.

"으음!"

피와 흙으로 뒤범벅된 청허자가 신음을 흘리며 잘린 검을 지팡이 삼아 겨우 몸을 일으켰다. 그의 몸이 사시나무 떨 듯 떨렸다.

"정말 놀랍군. 그 순간 심장을 비껴내다니!"

종고구가 탄성을 흘렸다.

"세 대의 화살을 약속했으니 모두 봐야지 않겠소?"

청허자 송원이 비릿한 미소를 지으며 말했다.

"이대로 놓아두어도 곧 죽을 것 같은데?"

비록 심장을 비껴갔지만 종고구의 화살은 청허자의 가슴 깊숙이 꽂혀 있었다. 이대로라면 출혈이 심해 이각을 버티기 힘들 것이다.

"한번 보여주구려. 당신의 말대로 저승길 가는 선물로 말이오."

청허자가 말했다. 죽음보다도 종고구의 세 번째 궁술이 보고 싶은 모양이었다.

"뭐… 원한다면야."

종고구가 다시 하나의 화살을 꺼내 활시위에 질렀다. 그러고는 성허자를 겨누었다.

청허자가 신중하게 검을 들어 올렸다. 가슴에선 연신 피가 흐른다. 종고구의 말대로 굳이 더 이상의 공격이 필요 없는 상황이다. 그럼에도 종고구가 다시 활을 쏘는 것은 청허자에 대한 예우다.

"잘 가시오!"

종고구가 청허자에게 작별을 고했다. 그러고는 망설이지 않고 화살을 날리려는 순간 갑자기 종고구의 화살이 오른쪽 상단을 향해 방향을 틀었다.

쐐액!

시위를 떠난 화살이 날카롭게 허공을 갈랐다. 순간 허공에서 검은 그림자가 어른거리는 듯싶더니 이내 사라졌다. 화살은 애꿎은 허공을 갈았을 뿐이다.

종고구가 재차 시위에 살을 먹였다. 그런데 그 순간 종고구를 향해 수십 개의 암기가 쏟아져 들어왔다.

"이놈들이?"

종고구가 노성을 터뜨리면서 활과 화살을 양손에 들고 어지럽게 허공을 휘저었다.

따다당!

날카로운 소성이 터져 나오며 사방으로 암기들이 흩어졌다.

"쥐새끼 같은 놈들!"

암기들을 모두 쳐낸 종고구가 주위를 살폈을 때는 이미 암습자들도 청허자도 보이지 않았다. 그사이 몸을 빼 도주를 한 것이다.

"흑성들인 듯싶습니다."

첨환이 종고구 곁으로 다가서며 말했다.

"흑성이라. 오늘 제대로 힘을 써야겠군."

"추격하시렵니까?"

"흑성이라면 그대로 놓아둘 수 없지. 마천 제일 적이 아닌가?"

"하지만 함정이 있을 수도 있습니다."

"후후후. 그거야 월곡투 때의 일이고, 이 조관에서 무슨 함정이란 말인가. 첨환!"

"예, 주군!"

"형제들을 규합해 조관을 장악하라. 그리고 천에 전서를 보내. 북쪽 길이 뚫렸다고!"

"알겠습니다."

"난 오늘 밤 흑성을 사냥한다. 옥륜과 사종은 나와 간다."

"옛, 주군!"

모옥륜과 이사종이 살기를 드러내며 대답했다.

"서귀!"

"예, 아버님!"

"넌 이곳에서 첨환과 함께 장내를 수습하라."

"알겠습니다."

"좋아, 가자!"

종고구가 훌쩍 신형을 날렸다. 그러자 ㄱ이 신청이 눈식산에 장내에서 사라졌다.

"아버님께서 너무 서두는 게 아닌지 모르겠습니다."

어둠 속으로 사라지는 종고구를 보며 종서귀가 걱정스레 말했다.

"마궁이십니다. 어떤 상황도 해결할 수 있으시지요."

첨환이 대답했다.

"그야 그렇지만……."

종서귀가 말꼬리를 흐렸다.

화악!

절벽을 타고 다시 불길이 일어났다. 조관의 유일한 출입구로 도주하던 구천맹도들이 불을 놓은 것이다.

길 중간중간에 나무로 틀을 짜 만든 계단들이 있었으므로 불이 일자 길은 금세 끊겨 버렸다.

그러나 그렇다고 추격을 멈출 종고구가 아니었다. 종고구가 새처럼 불타는 나무 계단을 날아 넘었다. 그 뒤를 따라 모옥륜과 이사종이 바싹 따라붙는다.

세 사람의 눈에 이십여 장 아래 도주하는 구천맹도들이 보였다. 순간 종고구의 화살이 허공을 갈랐다.

"악!"

어김없이 화살에 격중된 구천맹도 하나가 절벽 아래로 떨어져 내렸다.

"종고구! 용기 있다면 따라와 봐라!"

멀리서 누군가의 악에 받친 소리가 들려왔다.

"하하하! 오냐, 곧 갈 테니 기다리거라."

종고구가 큰 웃음을 터뜨리며 다시 신형을 날렸다. 그런데 그 순간 다시 사방에서 불길이 솟구쳤다.

"이놈들이?"

"아마도 미리 기름을 부어놓은 듯싶습니다."

모옥륜이 소매를 들어 불길을 막으며 말했다.

"형제들을 풀어 북쪽 길을 막으라 하라."

"놈들이 그리로 갈까요?"

"이 와중에 어디서 배를 구해 계곡을 건너겠느냐?"

"알겠습니다."

모옥륜이 대답을 하고는 그 자리에서 사라졌다.

"자, 우린 천천히 사냥감을 몰아보자고!"

종고구가 불길 속으로 걸음을 옮기며 말했다.

"함정일까요?"

귀보전이 뚫어져라 북쪽 숲을 바라보고 있는 궁비영에게 물었다.

"글쎄요. 그 와중에 함정을 판다는 것은 불가능한 일인데."

"흑성들이라면 가능한 일 아닐까요?"

"아무리 흑성이라 한들 시간이 없었을 겁니다. 과거 천변 때 흑성들이 마천의 주요 고수들을 암살할 수 있었던 것은 오랫동안 마천의 근거지로 의심 없이 침투해 들어갔기 때문이지요. 그저 숨어서 기습을 하는 정도였다면 절대 천변은 일어나지 않았을 겁니다."

"그건 그렇지요. 하지만 그렇다면 이건 스스로 죽음을 자초하는 도주인데. 북쪽 길을 막으면 그야말로 독 안에 든 쥐가 아닙니까?"

"명이 있었겠지요."

"명이라면?"

"다른 자들이 보이지 않아요."

궁비영의 말에 귀보전이 어리둥절한 표정을 짓는다.

"본래 조관에 있던 구천맹의 고수들이 보이지 않습니다. 오직 흑성들만이 적을 유인하고 있어요. 아마 나머지는 다른 길을 택했을 겁니다."

"아!"

그제야 귀보전이 탄성을 흘러냈다.

"미끼군요."

"흑성 팔자가 언제나 그렇지요."

"독한 수법이군요. 흑성을 희생시켜 다른 맹도들의 안위를 구하려 하다니."

"구천맹에서 흑성이란 그런 존재지요. 어쨌든 일단 가보지요. 누가 이 비참한 운명의 주인공인지 보고 싶군요."

"도우시렵니까?"

"제 일은 아닙니다."

"그래도 무명도에서 함께 수련한 사람들이 아닙니까?"

"사실 얼굴들도 잘 모르지요."

"하긴……."

귀보전이 고개를 끄떡이고는 말없이 궁비영의 뒤를 따랐다.

퍽!

한 자루 강전이 날아와 검은 무복에 검은 면사를 한 자를 꿰뚫었다.

"욱!"

나직한 신음성과 함께 얼굴을 가린 자가 그대로 즉사했다.

그러자 사방에서 마천의 마인들이 모습을 드러냈다.

서쪽으론 높은 절벽, 동쪽으로는 급류가 흐르고 그 너머에는 다시 가파른 산이다. 길은 남쪽에서 북쪽으로 이어져 있었다. 그런데 북쪽 길을 마천의 마인들이 막고 있었다.

북쪽 길이 막혔으니 돌아갈 수밖에 없는데, 돌아가자니 뒤에선 당대의 천하제일을 다툰다는 일대거마 마궁 종고구가 따라오고 있었다.

복면을 한 자 여섯이 그렇게 고립됐다.

"도검을 버려라!"

모옥륜이 북쪽 길을 막고 선 채 소리쳤다. 그러나 얼굴을 가린 자들은 대답이 없다.

"좋아, 과연 구천맹의 흑성이군. 죽음을 원한다면 죽여주마."

모옥륜이 손을 들어 올렸다. 그러자 그의 뒤쪽에 늘어서 있던 마천의 마인들이 일제히 화살을 들어 적을 겨눴다.

순간 얼굴을 가린 자들이 먼저 암기를 던져 댔다.

"욱!"

활을 들어 적을 겨누었던 마천의 마인 중 둘이 상대가 던진 암기에 맞아 쓰러졌다.

"이놈들! 쏴라!"

모옥륜이 노성을 토해냈다. 그러자 마천의 마인들이 쏟아붓듯 화살을 쏴대기 시작했다.

차차창!

얼굴을 가린 자들, 아마도 구천맹의 흑성들임이 분명한 자들의 솜씨는 놀라웠다. 그들은 상대가 쏟아내는 화살들을 도검을 들어 모두 막아내고 있었다.

특히 그들의 신법은 절묘했다. 도검이 막지 못한 화살조차도 그들의 움직임을 따라잡을 수 없었다.

그러나 결국 시간은 그들 편이 아니었다.

쒜액!

한순간 장내에 날카로운 파공음이 일어나더니 화살을 막아내던 자 중 한 명의 등에 철시가 꽂혔다.

"욱!"

급작스런 후방에서의 공격에 속절없이 당한 자가 비명을 지르며 그대로 고꾸라졌다. 그러자 면사인들 사이에서 누군가의 목소리가 흘러나왔다.

"뚫어야 하오!"

"하지만 어떻게……?"

"기름 주머니가 남아 있소?"

"몇 개 있소이다."

"좋소. 다시 불을 놓읍시다. 그리고 계곡을 넘어 산을 타고 올라갑시다. 일단 산에 들어가면 다시 불을 놓으시오. 겨울이라 나무들이 바싹 말라 있으니… 저 산에는 눈도 없고."

"가능하겠소? 계곡은 급류고, 동쪽 산은 너무 가파른데……."

"지금으로썬 그 길밖에 없소. 이 산을 불바다로 만드는 수밖에."

"좋소!"

대답이 채 끝나기도 전에 면사인들과 북쪽 길을 막고 있는 마천의 마인들 사이에서 불길이 솟구쳤다.

"이놈들이 아주 불을 내는 데 재미가 들렸구나."

모옥륜이 사오 장 높이로 솟구치는 불길을 보며 소리쳤다. 그러나 화염이 너무 거칠게 일어나 적을 향해 달려들 수도 없었다.

"화살을 모두 쏴라!"

모옥륜의 명에 마천의 마인들이 다시금 불길 속으로 화살을 쏟아부었다. 그러나 불길 그 너머에선 아무런 소리도 들리지 않는다. 그때 누군가가 소리쳤다.

"놈들이 계곡을 넘고 있습니다."

"이 쥐새끼 같은 놈들, 도주를 하겠다? 흐흐. 하지만 스스로 무덤을 판 꼴이 될 것이다. 동쪽 산은 절벽보다 험하거늘… 우리도 계곡을 건넌다. 서두를 필요는 없다. 결국 독 안에 든 쥐일 테니까. 주군께서도 오신 것 같고……."

모옥륜의 말에 마천의 마인들이 일제히 동쪽 계곡을 향해 몸을 날렸다.

그러나 그들은 금세 난관에 부딪혔다. 단번에 날아 넘기엔 계곡이 너무 넓었고, 물속으로 들어가 건너자니 물길이 지나치게 강하다. 계곡의 물길은 바위라도 부술 듯 맹렬했다.

그런 그들을 더 당황스럽게 만드는 것은 면사인들이었다.

이젠 다섯만 남은 면사인들은 어렵지 않게 계곡을 날아 넘고 있었다. 족히 십여 장은 될 듯한 계곡을 단번에 날아 넘는 재주는 적이지만 감탄하지 않을 수 없었던 것이다.

"뭣들 하는 것이냐? 쫓지 않고?"

마천의 마인들이 계곡 넘기를 주저하는 사이 어느새 다가온 마궁 종고구가 호통을 쳤다.

"그것이… 날아 넘기엔 멀고 물속으로 건너기에는 너무 격류라……."

모옥륜이 다른 사람들을 대신해 변명을 늘어놓는다.

"어리석은 소리! 마궁의 수하들이란 자들이 그런 소리를 늘 어놓느냐?"

종고구의 호통에 모옥륜이 퍼뜩 정신을 차린 듯 수하들을 보며 소리쳤다.

"활을 쏴 줄을 걸어라!"

조관의 동쪽 봉우리에서 수십 장의 허공을 가로질러 길을 만든 마궁 종고구다. 십여 장 정도의 거리라면 그의 수하들로 도 충분했다.

종고구의 수하들이 화살에 줄을 매어 건너편으로 쏘려는데 종고구가 입을 열었다.

"그럴 필요 없다. 이리 내거라."

종고구가 줄이 매인 화살 세 개를 수하들로부터 받아 들더 니 그대로 땅을 차고 허공을 도약했다.

종고구가 하늘을 나는 새처럼 옷자락을 너울거리며 계곡을 날아 넘더니 이내 건너편 숲에 도착해 줄이 매인 화살을 커다 란 나무에 박아 넣었다.

"자네들은 먼저 건너오게."

종고구가 모옥륜을 보며 말했다. 그러자 모옥륜과 이사종이 망설이지 않고 신형을 날려 종고구 곁에 내려섰다. 적어도 그 들만큼은 구천맹의 흑성을 능가하는 무공을 지니고 있었다.

그사이 반대편 나무에 줄을 매 세 가닥 줄다리를 만든 마인 들이 하나둘 줄을 타고 계곡을 넘어왔다.

그러나 그들이 건너편에 도착했을 때는 이미 얼굴을 가린 구천맹의 흑성들은 더 이상 보이지 않았다.

"산이 험하니 멀리 가지는 못한다. 이러니저러니 해도 결국 북쪽과 남쪽밖에는 출구가 없는 곳이니까."

종고구가 밀했다.

"그런데 이상한 일입니다."

종고구를 따라 걸음을 옮기며 모옥륜이 말했다.

"무엇이 말인가?"

"숫자가 너무 적지 않습니까?"

모옥륜의 말에 종고구가 고개를 끄떡였다.

"맞아. 놈들이 계책을 쓴 거야. 아마 지금쯤 청허자와 그의 수하들은 다른 길을 가고 있을 걸세. 저들은… 흑성들이지. 미끼가 되어 우릴 유인한 걸세."

"그럼 굳이 저들을 쫓을 필요가 있습니까? 차라리 청허자의 흔적을 찾는 것이……."

"내 생각엔 말일세. 청허자 한 명보다 흑성 한 명을 잡는 게 더 나을 것 같아."

"그게 무슨……?"

"청허자는 결국 목양에서 만나게 될 걸세. 그리고 그 하나의 존재가 목양의 대전에서 큰 영향을 미치지는 못해. 반면 흑성들을 잡아낸다면… 그래도 조금은 오죽노에게 타격을 주겠지. 흑성이야말로 오죽노의 심복이랄 수 있으니까."

"듣고 보니 주군의 말씀이 백번 옳습니다."

모옥륜이 고개를 조아린다.

"그물을 치듯 서서히 놈들을 추격하게. 이 계곡 너머에 우리 사람이 있는가?"

"아마 흑사문의 아이들이 나와 있을 겁니다."

"흑성의 상대가 될 수 없겠군."

"하지만 적어도 걸음을 늦출 수는 있겠지요."

"좋아, 그들에게 길을 막으라고 해. 물론 그 전에 흑성들을 따라잡으면 좋겠지만……."

"알겠습니다."

모옥륜이 대답을 하고는 뒤따르던 수하에게 눈짓을 했다. 그러자 마인 하나가 재빨리 전서구를 준비하기 시작했다.

"월천보라고 부른다지요?"

귀보전이 절벽 중간을 따라 이동하며 물었다. 수직의 절벽도 궁비영과 귀보전에게는 방해가 되지 않았다.

"무명도에서 수련했지요."

궁비영이 대답했다.

"본 문에서는 유령보라 하지요. 모두 같지는 않지만… 그래도 대단들 하군요. 저 정도 신법을 보이다니."

계곡을 날아 넘은 면사의 흑성들을 두고 하는 말이다. 마궁 종고구의 수하들은 엄두를 내지 못했던 일이다.

"그래도 정수를 얻은 사람은 없지요."

"계명흑성님을 빼고 말입니까?"

"아니, 한 명 더 있을 수는 있겠군요."

"누굽니까?"

"중광, 그 친구도 아마……."

"의외군요. 그가 무공에 재능이 있다는 것은 알았지만 월천보의 징수에 접근했을 거란 생각은 하지 못했습니다. 월천보의 정수는… 누군가의 가르침이 없으면 체득하기 어려운 것인데요."

"제가 조금 도와주었지요."

"아……!"

귀보전이 나직하게 탄식을 흘렸다. 월천보의 정수는 곧 유령보의 정수다. 그 두 개의 무공은 한 뿌리에서 나온 가지와 같다. 그러니 적이 그 정수를 얻은 것은 무척 위험한 일이다.

"다른 사람에게도 전했을까요?"

귀보전이 조심스레 물었다.

"아닐 겁니다. 사실 그 녀석 스스로도 감당하기 힘든 무공이니까요."

"하긴… 월천보를 넘어 유령보에 이르는 것은 무척 어려운 일이지요. 그나저나 계명흑성께선 그에게 참 많은 것을 주었군요."

귀보전의 말에 궁비영이 고개를 끄떡였다.

"또한 많은 것을 받기도 했지요."

"저들 중 그가 있을까요?"

귀보전이 마궁 종고구에게 쫓겨 건너편 가파른 산을 달리는 면사의 흑성들을 보며 물었다.

"모르는 일이지요. 얼핏 보면 없는 것 같기는 한데. 녀석의 움직임은 좀 독특하거든요."

"계명흑성께서 그리 보셨다면 없는 것이겠지요. 아쉽군요. 저도 그를 한번 보고 싶었는데……."

"언젠가는 반드시 보시게 될 겁니다."

"기대가 크군요."

"조심하셔야 할 겁니다. 날 배신하는 순간 녀석은 맹수로 변했을 겁니다."

"그렇겠지요. 죽마고우를 배신하면서까지 탐한 야망이니……."

그때였다. 도주하던 면사의 흑성들 주위에서 커다란 불이 일어나기 시작했다.

"오늘 밤은 그야말로 화광만리의 날이군요."

"오죽노가 좋아한다고 했던가요?"

"그렇지요. 그만큼 화공을 즐기는 자는 없지요."

"가보죠."

궁비영이 말했다. 그러자 귀보전이 대답했다.

"세상에서 불구경과 싸움 구경이 가장 재미있다고 했던가요? 오늘 그 두 가지 구경을 원 없이 하게 생겼군요."

불길 속에서 화살과 암기가 난무했다.

이 싸움은 보통의 무인들 싸움과는 달랐다. 마치 맹수들을 전장에 풀어놓은 것 같은 싸움이었다.

그 악명 높은 마천의 마인들조차 감히 불길 속으로 뛰어들어 면사의 흑성들을 상대할 엄두를 내지 못했다.

불길 속에서도 면사의 흑성들은 철저히 자신들을 숨기고 있었나. 그러다가 추격자가 사정거리 안에 들어오면 어김없이 암기를 날려 큰 위협을 가했다.

바람은 남풍이 불고 있었다. 그래서 불길은 북쪽을 향해 빠르게 번져 갔다. 얼핏 보면 도주하는 자들을 공격하기 위해 놓은 불 같지만 사실은 도주자들이 불길 속에 숨어서 북쪽으로 도주하고 있었다.

기이한 추격전이었다.

그렇게 불길이 계속 번져 가 산의 북쪽 끝에 도달했을 즈음 갑자기 북쪽 숲에 수십 명의 사람이 나타났다. 아마도 종고구 등이 말했던 흑사문의 사람들인 모양이었다.

흑사문은 호북성의 서쪽에 치우친 작은 문파였는데, 정사의 구분이 없고 평시에는 그 행보가 은밀해서 세상에 널리 알려진 문파는 아니었다. 그런데 그 흑사문이 마천에 연이 닿고 있었던 것이다.

"아하! 쉽지가 않겠소."

문득 얼굴을 가린 자 중 한 명이 입을 열었다. 사방에서 그들 자신이 놓은 뜨거운 불길이 일어나고 있었다.

"역시 흑사문이구려."

다른 사람이 말했다.

"오죽노께서 조관의 일에 흑사문이 관여할 가능성이 크다는 말씀을 하셨는데… 역시 그렇구려."

"어쩌면 좋겠소? 저들의 숫자를 보건대 뚫기는 힘들 것 같소. 설혹 저들을 뚫고 나간다고 해도 그사이 마궁 종고구의 추격을 허용하게 될 거요."

누군가의 절망적인 말에 잠시 침묵이 이어졌다. 그러다가 문득 다른 한 사람이 말했다.

"이미 우리의 책임은 다했소."

"하긴 그렇지요. 이미 맹도들은 다른 길로 탈출을 했으니까."

"이젠 우리 목숨을 챙길 때요. 흩어집시다."

"흩어지면 더 위험하지 않겠소?"

"뭉쳐 있다고 다를 바는 없소. 외려 저들의 눈을 속이기 힘들 뿐이지. 흩어져서 각자 하늘에 운을 맡겨봅시다."

"제길, 흑성의 운명이란 쓰고 버려지는 것이라더니 과연 그렇군."

누군가 투덜거렸다.

"모르고 시작한 일은 아니잖소?"

"그건 그렇지만… 어찌 구원 나오는 자도 없을까?"

"누굴 원망할 시간이 없소. 이젠 흩어집시다."

"알겠소이다. 그게 마지막 방법이라면… 땅이나 파고 들어가 한 며칠 버텨볼까……."

"방법은 각자 알아서 선택하도록 하시오. 모두 무운을 빌겠소. 그럼!"

말을 마친 사내가 가장 먼저 불길 속으로 사라졌다. 그러자 잠시 서로를 바라보고 있던 면사의 흑성들이 한순간 약속이나 한 듯 사방으로 흩어졌다.

"놈들이 흩어졌습니다."

마궁 종고구 앞에 중년 사내 한 명이 달려들며 말했다.

"그래? 그럼 우리도 패를 나눠야겠군. 포위망을 넓힌다. 북쪽은 흑사문에 맡기고, 옥륜은 서쪽, 사종은 동쪽을 맡는다."

"주군께서는……?"

"난 이곳에서 기다리겠다."

"알겠습니다. 그럼 쉬십시오. 다녀오겠습니다."

옥륜이 고개를 숙이며 말했다. 그러자 종고구가 빙그레 미소를 짓는다.

"쉬려는 게 아니다."

"……?"

"기다리는 거지. 제 꾀에 속을 사냥감이 있을지……."

"되돌아오는 자를 잡으시려는 거군요."

옥륜이 말했다.

"만약 그런 자가 있다면 제법 심장이 강한 자란 뜻이겠지."

"얼마 동안 추격할까요?"

"성공하든 실패하든 내일 아침까지는 돌아오게. 길을 뚫었으니 곧 목양으로 가야 할 거야."

"알겠습니다."

옥륜이 고개를 숙여 보이고는 이내 불길 속으로 뛰어들었다. 그러자 종고구가 주위를 돌아보며 말했다.

"몸을 숨기고 쉬어라. 오는 자는 내가 마중한다."

"존명!"

마천의 마인들이 일제히 대답을 하고는 순식간에 자취를 감췄다.

종고구가 근처에 있는 제법 큰 바위 위로 올라갔다. 그러자 불길에 휩싸인 산허리가 한눈에 보인다.

"좋구나. 마천도 이와 같이 천하 위에 불타오르리라!"

종고구가 손을 들어 불길을 움켜쥐듯 하며 중얼거렸다.

제9장

그의 향기

　시간이 지나자 불길은 굵은 나무 기둥까지 태우기 시작했다. 불길은 더욱 높아졌으며 열기는 생명을 가진 모든 것이 견디기 힘들 정도가 되었다.

　겨우내 얼었던 땅도 화염의 열기에 녹아내리고 있었다.

　장내 절대적 고수인 마궁 종고구조차도 그 열기를 피해 두어 번 자리를 옮길 정도였다. 그리고 그 즈음이 되자 종고구의 얼굴에 따분함이 깃들었다.

　"용기 있는 자가 없었나 보군. 헛짓을 한 건가?"

　이 열기라면 생존자는 이미 다른 곳으로 도주했을 거란 생각에서 한 말이었다.

　간 길을 되짚어 오는 것은 적의 방심을 노리는 수법. 이 수

법을 쓰려면 보통 이상의 용기가 필요했다.

"이쯤에서 물러나야겠군. 조관의 일도 마무리를 지어야 하니……."

종고구가 바위에서 자리를 털고 일어났다. 굳었던 근육들이 아우성을 치며 그의 나이를 말해준다.

"끙, 이놈의 나이는 내공으로도 어쩔 수 없군. 금세 이리 근육이 굳으니……."

종고구가 혀를 찼다. 그러고는 휙휙 팔을 휘둘러 몸을 푼 후에 가볍게 바위에서 날아 내렸다. 그런데 그가 천천히 후방으로 걸음을 옮기려다 말고 뚝 멈췄다.

종고구의 입가에 묘한 미소가 감돈다. 그의 시선이 천천히 등 뒤로 향했다.

여전히 처음과 마찬가지로 아무도 보이지 않는다. 하늘 위로 치솟는 화염만이 있을 뿐이다. 그러나 종고구는 마치 기다렸던 친구라도 만난 듯 반가운 기색으로 입을 열었다.

"나오거라! 나는 종고구라고 한다."

모두가 알고 있을 이름을 종고구가 말했다. 그러나 여전히 불타는 숲에서는 아무런 반응이 없다.

"아차, 내가 손님 대접을 제대로 하지 못했군."

종고구가 혀를 차며 번개처럼 철시를 시위에 걸어 날렸다.

팡!

뜨거운 불길을 뚫고 종고구의 철시가 날았다. 모든 것을 파괴할 만한 위력이 담긴 그의 철시가 나무 밑둥을 받치듯 놓여 있는 어린아이만 한 바위에 격중했다.

쾅!

벼락 치는 소리가 터져 나오며 놀랍게도 바위가 반으로 쪼개졌다. 그러자 그 안에서 검은 인영이 허공으로 솟아올랐다. 순간 종고구가 재차 화살을 날렸다.

슈슉!

이번에는 두 대의 화살이다. 허공을 가로지르는 두 화살이 유연한 곡선을 그리며 교차했다.

퍼퍽!

두 대의 화살이 거의 동시에 검은 인영이 숨어든 나무를 좌우에서 꿰뚫었다.

그러자 검은 인영이 견디지 못하고 다시 모습을 드러냈다. 그런데 이번에는 검은 인영도 가만히 있지 않았다.

파팟!

검은 인영의 손이 바람처럼 빠르게 움직였다. 그러자 그의 손에서 네 개의 암기가 연속으로 발출됐다.

암기들이 날카로운 파공음을 내며 종고구를 향해 날아들었다. 머리와 가슴, 그리고 다리를 노리고 닥쳐 드는 암기는 교묘하기 이를 데 없어서 피할 수 있는 방위를 모두 점유한 것 같았다.

"역시 흑성! 재주가 대단하구나!"

종고구가 감탄사를 흘려낸다. 그러면서도 손에 들고 있던 철시를 바람개비처럼 휘둘러 자신을 향해 날아오는 암기를 모두 쳐냈다.

카카캉!

철시에 맞은 암기들이 사방으로 흩어졌다. 그러지 종고구가 순식간에 철시를 활에 걸어 흑의인에게 날려 보냈다.

쒜액!

철시가 만들어내는 소리가 소름 끼친다. 흑의인이 급히 신형을 틀었다.

팟!

종고구의 철시가 아슬아슬하게 흑의인을 면사를 스치고 지나갔다. 그 덕에 그의 면사가 얼굴에서 떨어졌다. 붉은 화광 속에 흑의인의 얼굴이 드러났다.

그런데 불타는 눈으로 종고구를 바라보고 있는 흑의인은 바로 당목이었다.

당목이 조관에 온 것은 이상한 일이었다. 당문 역시 서쪽에서 목양의 길을 차단하고 있었다. 그런데 당목은 무당이 맡은 조관에 와 있었다.

아무리 흑성이 오죽노의 명에 따른다지만 그녀가 당문이 아닌 무당의 일을 돕기 위해 왔다는 것은 이해할 수 없는 일이었다.

"여인인가?"

종고구의 말에 당목이 흠칫 몸을 떨었다. 명불허전이다. 단지 얼굴을 보고 기도를 읽는 것만으로 당목이 여인임을 알아채는 종고구였다.

마천육마, 당대의 천하제일을 다툴 수 있는 무인들은 무공 뿐 아니라 눈도 날카로운 것이다.

"상관있소?"

당목이 물었다.

무심한 그녀의 목소리다. 그러나 내심 그녀의 심장은 천둥처럼 울리고 있었다. 누구든 마궁 종고구 앞에서는 마찬가지리라.

"조금 꺼림칙하기는 하지. 난 본래 여자는 상대를 하지 않거든."

종고구가 말했다. 그러자 당목이 비웃듯 말했다.

"그렇다면 봉황문의 여고수들을 데려다 당신을 상대하면 되겠구려."

"하하하. 이거 보통내기가 아닌걸? 나이도 어려 보이는데. 꺼려지기는 해도 아주 어쩔 수 없을 때는 베기도 해."

"역시 사도의 고수답구려."

"아무튼 지금 몹시 불안하겠지?"

종고구가 물었다. 그제야 당목은 자신이 종고구를 흔드는 것이 아니라 종고구가 그녀를 희롱하고 있다는 것을 깨달았다.

"불안하오."

당목이 순순히 종고구의 말을 시인했다. 진실이야말로 상대의 희롱을 극복하는 가장 단순하고 좋은 방법이다.

"솔직하군. 그래서 마음에 들었어. 살길을 열어주겠다. 지금부터 정확히 반각 뒤에 널 추격하겠다. 흑성일 테니 그 안에 최대한 도주를 해보거라. 물론 추격하는 사람은 나 하나다."

반각이라면 적지 않은 시간이다. 특히나 흑성처럼 은밀한 움직임에 능한 사람들에게는 더더욱 그러하다.

"사양치 않겠소."

정면으로 종고구를 상대해서는 도저히 살길을 찾을 수 없었다. 그가 기회를 준다면 받아들여야 한다.

"역시 현명하군. 쓸데없는 자존심을 세우지 않으니."

"그럼!"

목소리가 채 흩어지기도 전에 그녀의 신형이 장내에서 사라졌다. 그러자 종고구가 중얼거렸다.

"구천맹의 구파는 나약한 듯하면서도 수백 년을 이어왔다. 이름은 바뀔지언정 언제나 구파의 정통이 무림을 움직였지. 그건 아마도 저런 뛰어난 인재들이 보이지 않은 곳에서 끊임없이 배출되고 있기 때문일 것이다. 그에 비하면⋯⋯."

종고구가 주위를 둘러봤다. 그의 명에 따라 모습을 숨긴 수하들의 기척이 느껴진다.

"인재가 흔치 않아. 하긴⋯ 우리 우두머리들이 스스로 인재를 키우지 않고 있지. 자식이 아비를, 제자가 스승을 베어도 힘이 있다면 용서가 되는 곳이 마천이니까. 그러니 누가 후환을 키우랴!"

종고구가 탄식을 했다. 그러나 그도 잠시, 그의 눈에서 차가운 빛이 흐른다.

"그러나 이번만은 다르리라. 반드시 구천맹의 뿌리를 뽑고 마천의 천년왕국을 만들겠다."

종고구가 천천히 걸음을 옮겼다. 그의 신형이 서서히 불길 속으로 사라졌다.

피융!

퍽!

한 대의 화살이 날아와 나무에 꽂혔다. 그러자 나무껍질이 바람에 펄럭였다. 자세히 보니 나무껍질이 아니라 사람의 옷 자락이다.

"참으로 영악하구나. 과연 흑성이다."

화살에 꽂힌 채 흘날리는 옷자락을 잡아채며 종고구가 중얼 거렸다. 당목이 마치 자신이 이곳에 숨어 있는 듯 위장해 놓은 옷자락이었다.

"그러나 사람이란 언제나 흔적을 남기는 법이지."

종고구가 미소를 지으며 왼편으로 움직였다. 그의 눈길이 불에 타지 않은 나무와 바위를 번갈아 바라봤다. 그러고는 한 순간 땅을 차고 나무 위로 올라갔다.

순간 나무 위에서 암기들이 쏟아져 내렸다.

"좋은 수법!"

차차창!

어지러운 충돌음이 일어났다. 종고구가 철시를 사방으로 흔 들어 암기들을 쳐내는 소리였다. 그 기세에 나뭇가지들이 갈

대처럼 베어져 나갔다.

나무는 금세 허물을 벗고 뼈대만 남았다. 그 순간 당목이 나뭇가지 속에서 뛰쳐나왔다. 동시에 그녀의 검이 종고구를 찔렀다.

창!

종고구가 철시를 들어 당목의 검을 막았다. 그의 철시가 부러질 듯 휘어졌다. 그러나 다음 순간 물러난 것은 종고구가 아니라 당목이었다.

"흡!"

당목이 입에서 다급한 음성을 토해내며 뒤쪽으로 물러났다. 그러자 종고구의 왼손에 들린 철시가 아슬아슬하게 당목의 옆구리를 스치고 지나갔다.

당목이 연신 검을 휘둘렀다. 이어질 종고구의 공격을 대비하기 위해서였다.

종고구는 공격을 서두르지 않았다.

"검술은 암기술만큼 뛰어나지 않군. 역시 혹성이라 그런가?"

종고구가 중얼거렸다. 순간 당목이 대답을 하는 대신 품속에서 가죽 주머니를 꺼내 던졌다.

펑!

가죽 주머니가 종고구와 당목 사이에서 터지면서 매캐한 연무가 일어났다.

"독(毒)!"

종고구가 조금 놀란 표정으로 소리쳤다. 설마 당목이 독까지 쓸 줄은 몰랐던 모양이었다.

푸스스!

독의 기운이 안개처럼 종고구를 덮쳤다.

종고구가 재빨리 왼손을 휘저으며 뒤로 물러났다. 그가 일으킨 기운이 독의 기운을 몰아낸다.

그사이 이미 당목은 장내에서 사라지고 없었다.

"좋아, 제대로 해보자는 말이군. 이젠 사정을 보지 않는다!"

종고구의 얼굴에 독한 기운이 드러났다. 그러고는 종고구의 신형도 사라졌다.

팟!

나무 기둥을 돌아 나온 화살이 당목의 어깨를 스치고 지나갔다. 단번에 상처가 일어나며 피가 배어 나온다. 당목이 고통을 참으며 낮게 땅에 엎드렸다.

십여 장 비탈 아래에서 종고구가 다시 화살을 시위에 걸었다. 그러고는 당목이 몸을 숨기고 있는 나무를 정면으로 겨누더니 시위를 놓았다.

팡!

강력한 파공음이 일어나더니 화살이 그대로 당목이 몸을 감춘 나무의 밑동에 꽂혀들었다.

픽!

"흡!"

당목의 입에서 다급한 음성이 흘러나왔다. 옆구리에서 찢어지는 듯한 통증이 느껴진다.

나무를 관통한 철시가 그 뒤에 숨어 있던 당목의 몸에 꽂힌 것이다. 나행히 치명적인 상처는 아니었지만 마궁 종고구의 무공이 얼마나 강력한지 여실히 드러나는 공격이었다.

당목이 다시 땅을 박찼다. 월천보를 시전하자 그녀의 몸이 단숨에 허공을 갈랐다.

그 순간 다시 한 대의 화살이 날아왔다.

"픽!"

화살이 여지없이 당목의 허벅지에 꽂혔다.

"욱!"

당목의 입에서 신음 소리가 흘러나오더니 그녀의 신형이 살 맞은 새처럼 추락했다.

"잡았군!"

마궁 종고구가 사냥에 성공한 사냥꾼처럼 득의한 표정을 지으며 천천히 걸음을 옮겼다.

당목은 가까스로 바위에 의지해 서 있었다. 그의 눈에 흐릿하게 자신을 향해 다가오는 종고구가 보였다. 당목이 품속에 손을 넣었다. 그러자 마지막 남은 암기 두 개와 독낭 하나가 손에 잡힌다.

"핫!"

당목이 온몸의 힘을 모아 암기와 독낭을 함께 던졌다.

"과연 독하구나! 오죽노의 수족답다!"

종고구가 소리치며 두 개의 화살을 연달아 휘둘렀다. 그러자 암기와 독기가 순식간에 흩어졌다.

"그만 죽어줘야겠다. 놀이는 여기서 끝이다. 나도 조금 바빠!"

종고구가 철시를 들어 올려 당목을 겨누었다. 그래도 마지막은 활로써 끝내주려는 모양이었다.

당목은 희미한 눈으로 자신을 겨누는 종고구의 화살을 응시하고 있었다. 화살촉이 뱀의 혀처럼 움직였다.

그런데 그때였다. 문득 종고구의 뒤쪽에 희미한 사람의 얼굴이 드리워졌다.

그리고 그 순간 종고구의 신형이 팽이처럼 회전했다.

"놈!"

퍽!

종고구의 옆구리에 비도가 꽂혔다.

놀라운 일이다. 당금 천하에 마천육마 종고구의 몸에 비도를 꽂을 수 있는 인물이 있다니.

그런데 다음 순간 종고구가 노성을 터뜨리며 몸을 날렸다.

"서라, 이놈!"

어느새 종고구를 기습한 자가 화염 속으로 사라지고 있었다. 지금 종고구에게 당목은 관심 밖이었다. 자신의 몸에 비도를 꽂아 넣은 자, 그자를 잡지 않고는 오늘부터 종고구는 편히 잘 수 없을 터였다.

그렇게 순식간에 당목 앞에서 종고구가 사라졌다. 당목의 의식이 그쯤에서 희미해져 가기 시작했다. 그런데 그런 당목 옆으로 누군가 다서며 물었다.

"괜찮소?"

당목은 대답할 수 없었다. 그녀의 의식은 미약하게 남아 있었으나 그녀의 입은 말을 할 수 없었던 것이다.

궁비영은 자신을 추격해 오는 종고구를 보며 나직하게 한숨을 쉬었다.

"어쩌자고 그녀의 일에 관여한 것일까? 이미 끊어진 인연이라 생각했거늘……."

지금 생각해 봐도 알 수 없는 일이었다. 당목이 종고구의 철시에 목숨을 잃으려는 순간 궁비영은 앞뒤 가릴 것 없이 종고구를 향해 달려들었다. 물론 귀보전에게 당목을 부탁하는 것도 잊지 않았다.

평소라면 귀보전은 분명 궁비영의 행동을 막았을 것이다. 그러나 몸이 먼저 움직인 궁비영이었기에 귀보전에겐 그럴 기회조차 없었다.

쐐액!

등 뒤에서 날카로운 파공음이 일어났다. 종고구의 철시다. 궁비영이 손으로 허공을 가볍게 움켜쥐었다. 그러자 그의 신형이 순식간에 십여 장 높이의 나무를 타고 올랐다.

퍼퍼퍽!

그를 향해 날아온 화살은 모두 세 대. 세 대의 화살이 반장 간격으로 나무 기둥에 꽂혔다. 그리고 그 화살들을 밟고 날아 오르며 종고구가 궁비영을 추격했다.

그런데 그 순간 나뭇가지 사이에서 다시 한 자루 비도가 나타나더니 무서운 속도로 종고구의 이마를 향해 떨어져 내렸다.

"음!"

종고구가 침음성을 흘리며 재빨리 나무 기둥을 타고 돌았다.

삭!

떨어져 내린 비도가 아슬아슬하게 종고구의 등 쪽 옷깃을 스치고는 땅에 박혀들었다.

순간 종고구가 나무를 차며 훌쩍 뒤로 물러났다.

"좋아, 일단 얼굴이나 보자!"

종고구가 무성한 나무 사이에 들어가 있는 궁비영을 보며 말했다. 그러자 궁비영이 대답했다.

"스쳐 가는 인연이라 생각하고 그냥 돌아가시오."

"하하하! 정말 재미있는 자가 아닌가? 내 몸에 비도를 꽂고 스쳐 가는 인연이라니."

종고구가 호탕한 웃음을 터뜨렸다. 그 웃음소리에 궁비영이 올라 있는 나무가 흔들린다.

"그대를 죽일 생각은 없소. 오늘 일은 그저… 내 실수라고 생각하시오."

"본래 실수를 하면 대가를 치르는 것이 강호의 법이지."

"다시 말하지만 오늘 그댈 죽일 생각은 없소."

궁비영이 다시 말했다. 그러나 이번의 말투는 앞서의 그것과는 달랐다. 경고의 느낌이 물씬 나는 말이었다.

"날 죽일 수 있겠느냐?"

마궁 종고구가 나무 위를 올려다보며 물었다. 궁비영의 모습이 희미하게 보인다.

"불가능하다고 보시오?"

궁비영이 물었다.

"당금 천하에 날 죽일 수 있는 자는 없다. 기습을 하기 전에는……."

종고구가 오연하게 말했다.

"물론 그대의 무공이 절대지경에 이른 것은 나도 알고 있소. 그러나 지금 그대는 비도에 맞아 부상을 당했고, 구천맹의 흑성이 뿌린 독에도 노출되었으니 정상적인 상태가 아닐 것이오. 지금이라면… 난 그대를 곤란하게 만들 수 있다고 생각하오."

"재주를 보자. 내려와라!"

종고구가 궁비영을 노려보며 말했다.

"어린애처럼 굴지 마시오. 우리 같은 사람은 결코 자신의 이로움을 포기하지 않는다는 것을 잘 알고 있지 않소? 내가 왜 당신 앞에 나타나겠소?"

"그 말은 네가 살수라는 말이냐?"

"뭐… 그럴 수도 있고!"

"오죽노의 수하냐?"

"음… 그는 언젠가 내 손에 죽을 거요."

궁비영의 대답에 마궁 종고구의 눈빛이 반짝였다.

"그럼 구천맹의 적이란 말이냐?"

"그중 몇몇에게서 받아내야 할 빚은 있소."

"하면……."

종고구가 눈을 지그시 감으며 말꼬리를 흐린다. 그가 아는 구천맹의 적 중 이런 고수를 길러낼 수 있는 곳이 있는지를 더 듬어보는 듯싶었다.

"앞서 그대가 죽이려 했던 흑성은 당목이라는 여인이오."

궁비영이 종고구가 생각할 시간을 주지 않겠다는 듯 말했다.

"당목?"

"당문의 사람이오."

"어쩐지 독을 쓴다 했지."

"내 과거 그녀와 약간의 인연이 있어서 우연히 도와준 것뿐이니 우리의 인연을 더 이상 악연으로 만들지 맙시다. 싸우려 한다면 그건… 생사결이 될 것이오. 난 천하의 마궁을 상대로 피를 보지 않고 승부를 낼 자신이 없소."

"음……."

종고구가 나직한 신음성을 흘린다.

그 역시 느끼고 있었다. 이자와 싸우려 한다면 자신의 목숨을 걸어야 한다는 것을. 그리고 종고구는 그리 무모한 자가 아니었다.

"이름 석 자는 남겨야지 않겠는가?"

종고구가 물었다.

"다시 보지 않을 인연인데 이름은 알아 뭘하시겠소?"

"세상일을 어찌 알겠는가? 다시 보게 될지!"

"그럼 그 비도를 내 이름 대신 남겨두겠소!"

마궁 종고구가 다시 무슨 말을 하려 했지만 궁비영은 이미 사라지고 없었다.

마궁 종고구가 재빨리 주위를 살폈다. 그러나 어디서도 궁비영의 모습을 찾을 수 없었다.

"이런… 날 유인한 것이었군. 도주하려면 벌써 예전에 도주했을 자다. 음… 괴이하군. 강호에 내가 모르는 저런 고수가 있었던가?"

종고구가 고개를 갸웃하며 허리춤에 박혔던 도를 빼 들었다. 순간 상처에서 피가 흘러나온다. 종고구가 재빨리 혈도를 짚어 지혈을 했다. 다행히 근육이 상했을 뿐 장기까지 상하지는 않았다.

"정말 죽을 수도 있었겠어. 무서운 자야. 이 싸움에 변수가 생긴 건가?"

종고구가 비도를 보며 중얼거렸다.

*　　　*　　　*

그의 향기가 느껴진다. 섬에서 둘만의 공간에 있을 때 중독된 것인지도 모른다. 그 향기 속에서 알 수 없는 평온함을 느꼈던 당목이다. 그래서 그를 사랑하게 되었을까?

알 수 없는 일이다. 흐릿하게 다가온 그의 얼굴이 자신을 보며 말하는 듯하다.

걱정 말라고, 그도 그녀도 모두 안전할 거라고. 그녀도 웃어 보였다.

"엉뚱한 여인일세. 사경을 헤매는 와중에도 꿈을 꾼다는 건가?"

귀보전이 동굴 바닥에 누워 있는 당목을 보며 중얼거렸다. 얼굴에는 마뜩잖은 표정이 가득하다. 그도 그럴 것이 그는 오늘로 정확히 삼 일째 당목의 곁을 지키고 있었다.

세상이 크게 요동치고 있는 시기다. 어쩌면 벌써 목양에서 마천과 구천맹이 격돌했을 수도 있었다.

이 중요한 시기에 인연도 없던 여인을 간호하고 있으려니 달가울 리 없었다.

더군다나 여인은 치 떨리는 배신의 상대, 구천맹의 사람이 아닌가.

"계명흑성께선 왜 오지 않는 거야?"

귀보전이 투덜거렸다. 이대로 당목을 놓아두고 떠나기에는 궁비영의 다급했던 부탁이 마음에 걸렸다. 마궁 종고구를 유인하면서까지 부탁한 여인이지 않았던가.

부탁이라 말하지만 사실은 명이다.

아니, 거래일 수도 있었다. 그 자신이 유령문의 계명흑성으로 살아가는 것에 대한 거래. 애초에 그 자리에 관심이 없던 사람이 아닌가.

"어려운 사람을 얻었어."

귀보전이 중얼거렸다. 그러다가 재빨리 자리를 털고 일어난다. 검은 이미 그의 손에 들려 있었다.

그러나 다음 순간 귀보전이 금세 검을 거뒀다. 불평의 대상이 동굴 입구에 모습을 보인 것이다.

"어떻습니까?"

동굴로 들어서며 궁비영이 물었다.

"뭐… 깨어나면 살 것이고, 아니면 죽을 듯합니다만……."

"달리 손을 쓸 방법이 없겠습니까?"

"글쎄요. 이상하게 깨어나지 않는군요. 마궁에게 입은 부상으로는 죽을 것 같지 않은데… 혹시 스스로 깨어나지 않기를 바라는 것일지도 모르지요. 꿈을 꾸나 본데 무척 행복한 듯합니다. 가끔 웃더군요."

귀보전이 어깨를 으쓱하며 말했다.

"그럼 살겠군요."

"계속 꿈속에 있고 싶어 하면 죽을 겁니다."

"꿈을 꾸는 자는 현실에서 그 일이 일어나길 바라지요. 깨어날 겁니다. 계속 수고를 해주세요."

궁비영의 말에 귀보전이 깜짝 놀라며 물었다.

"지금 절 두고 가시겠다는 겁니까?"

"그녀는 내 존재를 모르는 게 좋습니다. 아무튼 난 그들에게 죽은 사람이어야 하니까요."

"아아, 그런 말 마십시오. 차라리 유령사 한 명 불러다가……."

"동왕님의 의술을 믿고 드리는 부탁입니다."

궁비영이 간곡하게 부탁을 한다. 그러자 귀보전이 낭패한 표정을 짓는다. 유령문에서 동왕 귀보전의 의술은 유령문주 야유사군, 서왕 옹완과 함께 삼절로 불릴 정도로 뛰어났다.

"어디로 가시겠습니까?"

"오늘 마천의 고수들이 조관을 통과했습니다."

"음… 그럼 얼마 남지 않았군요."

"그들을 따라 움직여 볼 생각입니다."

"오죽노는 어떻습니까?"

"구천맹의 고수들을 목양성에서 십 리쯤 뒤로 물렸다고 하더군요."

"다른 계책을 세웠다는 뜻이군요."

"그렇지요."

궁비영이 고개를 끄떡였다.

"아아, 시간이 늦으면 안 되는데……."

귀보전이 여전히 의식이 없는 당목을 보며 중얼거렸다.

"곧 깨어나겠지요. 그럼 부탁합니다."

궁비영이 동굴을 떠나려는데 귀보전이 급히 물었다.

"깨어나면 뭐라 할까요?"

"그저… 인연 있던 자의 부탁이었다고 해주십시오."

"알겠습니다. 곧 뒤따라가지요."

귀보전이 말에 궁비영이 사뿐히 고개를 숙여 보이고는 금세 그 자리에서 사라졌다. 그러자 귀보전이 중얼거렸다.

"어울리지 않는 일이지, 계명흑성에게 사랑이란. 그런데… 이 두 사람은 묘하게 어울리네. 건널 수 없는 강이 가로막고 있는 데도 말이야."

귀보전의 시선이 여전히 입가에 미소를 짓고 있는 당목을 향했다.

당목의 손가락이 꿈틀거렸다. 그리고 그렇게 시작된 그녀의 움직임은 팔로, 몸으로, 그리고 눈으로 이어졌다.

그녀가 눈을 떴다. 그러고는 잠시 혼란스런 표정을 짓다가 주위를 돌아본다.

웬 초로의 노인이 동굴 벽에 기대어 꾸벅꾸벅 졸고 있었다. 검이 있는 것으로 보아 무공을 수련한 무인이 분명한데 자신이 깨어나도 움직이지 않는 것을 보면 그리 대단한 고수 같아 보이지는 않는다.

그러나 그녀는 한 가지 사실을 모르고 있었다. 그가 보는 노인, 유령문의 동왕 귀보전이 그녀를 오늘로 꼭 오 일째 잠 한숨 자지 못하고 지켜보고 있었다는 것을. 오 일 동안 잠을 자지 못하면 설혹 그가 천하제일인이라 해도 졸지 않을 수 없다.

당목이 조심스레 몸을 일으켰다.

"음!"

그녀의 입에서 나직한 신음성이 흘러나왔다. 상처 중 아물지 않은 것이 통증을 일으킨다.

그녀의 신음 소리에 귀보전이 잠시 붙였던 눈을 떴다.

"깨어났구려."

귀보전이 반가운 표정으로 말했다. 길고 긴 고민을 풀어낸 사람의 모습이다.

"여기는 어디오?"

당목이 물었다. 살려준 사람에게 하는 말치고는 차갑기 그지없다. 경계의 빛이 가감 없이 드러나는 말투다.

"보다시피 산속 동굴이오."

"그걸 묻고 있는 것이 아니잖소?"

당목의 표정이 딱딱해졌다. 그러자 귀보전의 표정도 살짝 변했다. 구천맹도들 특유의 아집 같은 것이 당목에게서 느껴졌기 때문이었다.

"먼저… 살려준 것에 대한 감사 정도는 해야지 않겠소?"

귀보전의 말에 당목이 잠시 그를 바라보다 입을 열었다.

"당신이 날 살렸다면 감사드리오. 이제 대답해 주시오. 이곳은 어디요?"

"말했지만 산속 동굴이오. 당신을 구해 이곳에서 오 일간 치료했소. 잠 한숨 못 자고!"

그제야 당목은 이 노인이 사실은 대단한 고수일지도 모른다

는 생각을 했다. 말하는 것과 움직이는 모습이 보통은 아닌 듯
보였다.

잠이 들었던 것은 오랜 시간 잠을 자지 못했기 때문이란 것
을 알고 나니 더더욱 노인이 특별해 보인다.

"노사께서 날 구했소?"

"뭐… 그렇다고 할 수 있소."

"무슨 말씀이오?"

"다른 사람이 한 명 더 있었다는 말이오."

"그는 누구요?"

"그냥 당신과 인연이 있던 사람이라고만 전하라고 했소. 더
는 말할 수 없고… 그는 아주 무서운 사람이어서."

"당신은 누구요?"

"나야말로 그냥 지나가는 객이었소. 마천과 구천맹의 싸움
이 하도 재미있어서 구경을 하다 이렇게 발이 묶이고 만 거
요."

"명호가 어찌 되시오?"

당목이 다시 물었다.

"그건 나 역시 말해줄 수 없소."

귀보전의 말에 당목의 표정이 다시 변한다. 경계의 빛이 더
깊어졌다. 알 수 없는 자의 호의는 위험의 전조다.

"내게 원하는 것이 뭐요?"

당목이 물었다. 그러자 귀보전이 고개를 저으며 대답했다.

"그런 것 없소."

"원하는 게 없는데 마궁 종고구의 손에서 날 구했단 말이오?"

더더욱 신뢰할 수 없는 당목이다.

"정확하게 말하겠소. 당신을 구한 건 내가 아니오. 그가 당신을 구했고, 난 당신을 살린 거요. 마궁에게 입은 상처로부터. 그것 역시 그의 부탁으로 한 일이오. 그러니 당신을 왜 구했는지 묻고 싶다면 그에게 물어야 할 거요. 말인즉슨 그 해답을 알기는 불가능하다는 말이지."

귀보전이 어깨를 으쓱하며 말했다.

당목이 귀보전을 차갑게 노려봤다. 어떻게 해서든 그의 정체를 알아내려 했지만 도저히 비집고 들어갈 틈이 없어 보이는 사람이다. 말 한마디 실수가 없다. 그러니 새삼스레 이 노인이 대단해 보였다.

"조관이 뚫렸소?"

결국 정체를 알아내는 것을 포기한 당목이 강호의 정세를 물었다.

"뚫렸소."

"음……!"

당목이 나직하게 한숨을 쉬었다. 그러자 갑자기 귀보전이 자리를 털고 일어났다.

"깨어났으니 이젠 혼자 몸을 추스를 수 있을 거요. 난 그만 가겠소. 사실 나도 무척 바쁜 몸이라서 말이오."

갑작스런 귀보전의 행동에 당목이 어리둥절한 표정을 짓

는다.

"……?"

"조관이 뚫려 목양에서 큰 싸움이 나게 생겼으니 무림인이
로서 이찌 그런 좋은 구경거리를 놓치겠소. 그럼… 다시 봅시
다!"

귀보전이 작별 인사를 남기고는 순식간에 그 자리에서 사라
졌다. 그러자 당목의 눈빛이 다시 번쩍였다.

"무서운 무공이다. 월천보를 능가해! 도대체 누구지?"

당목이 힘겹게 몸을 일으켜 동굴의 입구로 걸어 나왔다. 사
방에 어둠이 내린 깊은 밤이다.

당목이 주변을 둘러봤다. 그러나 밤새 소리만 들릴 뿐 어디
서도 그를 발견할 수는 없었다.

"정작 묻고 싶은 말을 묻지 못했어."

당목이 자신의 머리를 손으로 쳤다. 그녀의 얼굴에 아쉬움
이 가득하다.

"그였냐고 물었어야 했다. 그럼 표정의 변화로 정말 그가 살
아 있는지 알 수 있었을 텐데… 마궁을 상대하던 그 모습은 분
명 그와 비슷했는데, 더군다나 그 향기… 단지 꿈은 아니었을
것 같은데……."

당목이 다시 고개를 돌려 숲을 본다. 숲에 달빛이 고즈넉이
내려앉고 있었다. 그 달빛 속에서 당목은 마음으로 궁비영의
얼굴을 보고 있었다.

＊　　　＊　　　＊

　진영을 십 리 뒤로 물린다는 것은 이미 선기를 빼앗겼다는 말과 같다. 강풍이 불어와 수많은 깃발을 휘날렸다.

　새롭게 구축된 구천맹도들의 진영은 남쪽이 트인 강변에 위치해 있었다. 그래서인지 하루 종일 바람이 불었다.

　어찌 보면 배수진을 친 것 같아 보이기도 하지만 동쪽으로 길이 열려 있으니 배수진이라고 할 수도 없었다.

　후퇴로 인해 숙영지의 분위기는 무겁게 가라앉아 있었다. 삼로의 길을 끊고 목양의 마천 무리를 고립시켰을 때만 해도 승리가 거저 굴러들어 올 것만 같았지만 북쪽 조관이 뚫리는 순간 전세는 순식간에 역전됐다.

　아니, 어쩌면 지금도 전력으로는 맹의 힘이 마천을 능가할지도 모른다. 그러나 조관이 뚫렸다는 소식이 전해지자 구천맹도들이 입은 심리적 충격은 전체적인 전세를 불리하게 만들고 있었다.

　오죽노 혜간이 비산문주와 자부문주를 설득해 진영을 물린 것은 그래서 어쩔 수 없는 선택이었다.

　후웅!

　바람이 불어와 오죽노 혜간의 백발을 휘날렸다. 그의 표정이 왠지 모르게 쓸쓸해 보인다.

　"맹에서 사람이 왔습니다."

　그의 오랜 가신 백로가 다가와 말했다.

"누가 왔는가?"

"북산도왕이 왔습니다."

백로가 대답했다.

"나행이군."

"가주들의 동정을 소상히 알 수 있을 겁니다."

"좋아, 비산문주와 자부문주를 막사로 청하라. 함께 듣겠다."

"알겠습니다."

백로가 고개를 숙여 보이고는 빠르게 뒤로 물러났다. 그러자 오죽노 혜간이 남쪽으로 흐르는 강물을 바라보며 중얼거렸다.

"기분이 좋지 않아. 뭔가… 조금씩 틀어지는 기분이야. 조관이 뚫릴지 누가 알았겠는가? 변화가 필요해."

오죽노가 발로 툭툭 마른 풀을 찼다. 그리고 잠시 무엇인가를 골똘히 생각한 후에 다시 입을 열었다.

"한 번 속은 자들이 두 번은 속지 않겠는가?"

"당장 결정을 해야 하오!"

긴 수염을 멋들어지게 기른 비산문주 공룡이 눈을 크게 뜨며 말했다. 마치 빚쟁이 같은 모습이다. 그러자 자부문주 왕찬이 맞장구를 친다.

"맞소이다. 총군사의 계획이 어그러졌으니 빨리 양단간에 결정을 해야 하오."

그러자 두 사람의 말을 조용히 듣고 있던 오죽노 혜간이 한쪽에 자리를 잡고 앉아 있는 북산도왕 척목아에게 물었다.

"맹에 모인 가주들의 뜻은 무엇이오?"

"회군입니다."

척목아가 짧게 말했다. 그러자 오죽노가 나직하게 읊조렸다.

"회군이라… 두 분 가주께서도 동의하십니까?"

오죽노의 물음에 자부문주와 비산문주의 표정이 일변한다.

"회군은 안 되오."

자부문주가 단호하게 말했다. 그러자 오죽노가 냉정하게 대답했다.

"두 분께서 원하시는 대로 지금 당장 진퇴를 결정해야 한다면 저로서는 선택의 여지가 없습니다. 회군해야지요. 맹의 결정 아닙니까?"

단 몇 마디 말로 장내의 분위기가 일변했다. 오죽노를 채근하던 비산문주와 자부문주가 외려 수세에 몰리는 분위기다.

"지금 회군을 하면 자부문과 비산문은 즉시 저들의 공격을 받게 될 것이오. 그런데 어찌 회군을 하자는 말씀이오?"

"결정을 하라고 채근들을 하시니 하는 말이 아닙니까?"

"우리가 원하는 것은 회군이 아니라 맹의 전력을 목양에 모아 마천의 무리와 결판을 내는 것이오."

비산문주가 단호하게 말했다. 그러자 오죽노가 물었다.

"두 분께서 다른 문파의 문주님들을 설득할 수 있겠습니까?"

"그건……."

비산문주가 말꼬리를 흐린다.

"그럼 그 일을 제게 하라는 말입니까?"

"음……."

비산문주가 차마 시인하지 못하고 침음성을 흘렸다. 조금 전까지만 해도 오죽노를 닦달하던 그가 아니던가.

"총군사께서 맹의 진로를 결정하는 것이 당연한 것 아니오?"

이번에는 자부문주가 퉁명스레 말했다. 그러자 오죽노 혜간이 고개를 저으며 말했다.

"그렇지가 않습니다. 모두가 싸우자고 나설 때야 그 책략을 내놓을 수 있지만 이렇게 다른 문파의 문주들께서 회군을 요구할 때에야 제가 독단으로 진퇴를 결정할 수는 없지요. 누가 뭐래도 구천맹의 주인은 구파의 주인들이 아닙니까?"

"그럼… 우리 두 문파더러 홀로 저들을 막으란 말이오?"

비산문주가 따지듯 물었다. 그러자 오죽노가 냉정하게 대답했다.

"두 분이 당장 지금 결정을 내리라고 한다면 그렇습니다. 저로선 회군 말고 다른 방도를 찾을 수 없군요. 시간이 있다면 모를까."

오죽노는 영활한 자다. 슬쩍 물러날 길을 마련해 주고 두 문주를 몰아대고 있었다. 이쯤 되면 두 문주의 대답은 정해져 있었다.

"알겠소. 우리가 조급했던 것 같구료. 사과하리다!"

"사과는 무슨… 모두 마음이 급하기 때문이지요."

"그래, 얼마나 시간이 필요하겠소?"

"제게 하루만 시간을 주십시오. 하면 다른 계획을 마련해 보겠습니다."

"알겠소이다. 총군사만 믿겠소. 이 싸움에 우리 두 문파의 운명이 걸려 있소."

"비단 비산문과 자부문뿐이겠습니까? 천하의 운명이 걸려 있지요."

오죽노 혜간이 빙그레 미소를 지었다.

그 표정은 이미 그의 머릿속에 모든 계획이 들어 있다는 뜻이다. 또한 그 계획의 첫 걸음이 만족스럽게 시작되었다는 뜻이기도 했다.

제10장

목양, 눈에 덮이다

　겨울이 목양까지 깊게 내려왔다. 그리고 눈이 내리기 시작
했다. 하나 북산 제룡가의 폭설이 특별한 일은 아니었던 모양
이다.

　그래서 모든 것이 변했다. 북로가 뚫리면서 마천의 마두들
이 대거 목양으로 몰려들며 고조되었던 전운이 일순간에 가라
앉았다.

　그래서 사람들은 파사현정(破邪顯正), 천명이 세상에 드러났
다고 말하기도 했다. 기세대로라면 구천맹이 수세에 몰릴 수
밖에 없었기 때문이었다.

　하지만 폭설이 구천맹에게 시간을 주었다. 그리고 또한 마
천의 시야를 가로막았다. 그 폭설 속에서 오죽노 혜간이 어떤

계책을 꾸미는지, 혹은 구천맹 구파의 고수들이 목양으로 얼마나 더 출도를 했는지 모든 것이 가려졌다.

그리하여 싸움은 다시 백중세로 돌아섰다. 모른다는 것에 대한 두려움이 구천맹과 마천, 양변에 공존했다.

그 즈음 궁비영은 목양의 지척에 있었다. 한 번은 목양성에 몰래 들어가 보기도 했다.

마두들이 득실거리는 목양성은 의외로 평온했다. 적을 공격할 어떤 기미도 보이지 않았다. 그 모습을 두고 귀보전은 멍청한 놈들이라고 마천의 무리를 힐난했다.

싸움은 선기가 중요하고, 기습은 구 할의 이득을 주니 눈보라에 몸을 숨기고 구천맹을 공격했어야 한다는 것이었다.

그런데 오히려 눈보라를 평계로 구천맹 공격을 미뤘으니 좋은 기회를 놓쳤다는 것이 귀보전의 판단이었다.

"그놈들이 그런 여유를 부리다가 천변을 맞은 것이지요."

눈보라 속을 걸으며 귀보전이 말했다.

"유리하다고 판단한 걸까요?"

사실 귀보전의 판단에 궁비영도 동의하고 있었다. 그 자신이라면 가려 뽑은 고수들을 이끌고 눈보라 속을 주파했을 터였다.

"겁을 먹은 거지요."

"겁이라고요? 마천의 마두들이?"

믿기 힘든 일이다. 마천의 마두는 지옥의 악귀 같다는 평판을 받는 자들이다. 그런 자들이 두려움을 느낀다는 것은 어울리지 않는 일이다.

"본래부터 겁이 많던 자들입니다."

귀보전이 단정적으로 말했다.

"어째서 그렇습니까?"

"본래 마인들이란 겁이 많기에 강자에 복종하는 것이지요. 힘을 숭상한다는 것은 곧 그 힘을 두려워한다는 뜻이 아닙니까? 겉으로는 거칠어 보여도 흐흠… 결국은 겁이 많은 것이지요."

독특한 생각이지만 아주 틀린 말도 아니다.

"그렇기도 하군요."

"아무튼… 오죽노만 좋게 생겼지요. 이 눈은 그에게 시간을 주었으니까요."

"그것도 충분한 시간을 주었지요. 더군다나 폭설로 지형도 변했으니……."

"그가 계책을 세우기에는 아주 적당한 조건이지요."

"물론 우리가 관여치 않았을 때의 일이지요."

"그를 살피는 것은 위험한 일입니다."

귀보전이 말했다. 그러자 궁비영이 고개를 저었다.

"굳이 그를 보러 갈 필요도 없습니다."

"……?"

"그가 부리는 사냥개를 찾으면 되지요. 그럼 그가 어디에 덫을 놓았는지 무슨 덫을 놓았는지 알게 될 겁니다."

"사냥개라면 흑성 말입니까?"

귀보전이 되물었다.

"그들도 좋겠지만 그 역시 위험한 일이지요. 좀 더 수월한 상대가 있습니다."

"누구 말입니까?"

"세룡가주 적황이 바로 그입니다."

"아, 그렇군요. 그자야말로 가장 충실한 오죽노의 사냥개군요."

귀보전이 고개를 끄떡인다.

"오죽노가 그를 미끼로 쓰든 혹은 정말 사냥개로 쓰든 그건 상관없지요. 어쨌든 그는 반드시 오죽노의 계획에 포함될 테니 말입니다."

"그의 행보를 좀 더 소상히 살피라고 전하겠습니다."

귀보전이 얼른 대답했다. 그러고는 가볍게 손을 들자 눈 속에서 한 명의 그림자가 어른거렸다.

귀보전이 폭설 속에서 나타난 자에게 무엇인가를 지시하자 그가 다시 폭설 속으로 사라졌다.

궁비영은 귀보전이 유령사에게 자신의 말을 전하는 것을 묵묵히 지켜보고 있었다. 그러다 유령사가 떠나고 귀보전이 다시 그에게 다가서자 물었다.

"소문주께선 어디 계신답니까?"

"아마도 구천맹의 진영에 근접해 계실 겁니다."

"위험한 일이군요."

궁비영이 걱정스레 말했다.

"남왕이 곁에 있으니 너무 걱정 마십시오. 더군다나 소문주님의 무공은 우리 사왕을 능가하시지요."

"……."

귀보전의 말에도 여전히 궁비영은 송교연이 걱정스런 모양
이었다.

"가보시겠습니까?"

"그러지요."

"알겠습니다."

귀보전이 대답을 하고는 앞장서서 걸음을 옮기기 시작했
다.

*　　　*　　　*

"좋은 징조야."

오죽노 혜간이 손을 내밀어 하늘에서 내리는 눈을 만지며
말했다.

"보급이 원활치 않습니다."

그의 뒤에서 해로가 걱정스런 표정으로 말했다. 며칠간 내
린 눈으로 구천맹의 진영도 길이 끊겨 보급이 수월치 않았던
것이다.

"우리가 부족하면 저들도 부족하겠지."

"그러나 그들은 삼로의 길을 뚫어 수로를 타고 물자를 나를
수 있습니다."

"그런가? 우리가 이용할 수 있는 포구는 어디지?"

"역시 기련포가 가장 가깝지요."

"그럼 그곳으로 물자를 보내라고 하게."

"그러나 그렇다한들 이곳까지 가져오기는 힘듭니다."

"물건이 오지 않으면 우리가 가야겠지."

"철수를 하신다는 말이십니까?"

해로가 놀란 표정으로 물었다.

"적의 추격을 걱정할 것 없는 퇴각 아닌가? 편하게 움직일
수 있을 거야."

"하면 목양의 싸움은……?"

해로가 의아한 표정으로 물었다.

오죽노 혜간이 목양에서 야망을 건 건곡일척의 대승부를 하
려 한다는 것을 누구보다 잘 알고 있는 해로였다. 그런데 퇴각
이라니. 그것도 기련포까지는 거리가 너무 멀다.

"이 싸움을 끝낼 생각은 없네. 그러나 그렇다고 목양성을 두
고 공성전을 할 생각도 없어. 저들을 끌어낼 걸세."

"쉽게 움직이지 않을 겁니다."

"물론 그렇겠지. 그러나 일단 승세를 확인하면 반드시 공격
할 걸세."

"어찌하실 요량이신지?"

"이곳에 삼 할의 전력만 남겨두고 모두 퇴각할 걸세. 허장성
세를 펼쳐 숫자는 그대로인 듯 보이게 할 생각이네."

"……?"

해로가 이해할 수 없다는 듯 오죽노를 바라본다.

"허허실실… 그들이 반드시 이곳을 염탐하게 될 걸세. 하면 우리가 허장성세를 펼치고 주력이 빠져나간 것을 눈치채겠지. 아마도… 양식이 떨어져 물러난 것이라고 생각할 걸세. 추격이 두려워 이곳에 사람을 남겨 허장성세를 펼친다고 생각하겠지."

"그럼……!"

해로가 뭔가를 깨달은 듯 입을 열었다.

"반드시 추격할 걸세. 싸우다가 후퇴하면 유인책이라고 생각하고 추격을 아니 할 수 있지만, 이 경우에는… 보급이 부족한 것은 그들도 알고 있을 테네. 내 생각에는 칠 할의 가능성이 있네."

"좋은 계책이십니다."

해로가 고개를 숙이며 말했다.

"그래서 이 눈이 길조라는 걸세. 내게 너무 많은 것을 주고 있어. 시간, 계책… 그리고 지형까지. 대월곡에 전하게. 곧 그곳까지 갈 것이라고."

"알겠습니다."

해로가 힘 있는 목소리로 대답했다.

*   *   *

마궁 종고구는 이틀 전 목양성에 들어왔다. 길은 가장 먼저 뚫었지만 목양성에 입성한 것은 육마 중 가장 늦었다.

이유는 간단했다. 조관을 지켜야 하기 때문이었다.

더 이상 구천맹에서 조관을 공격하지 않는다는 것을 확인한 이후에야 종고구는 움직였다.

어느새 눈 덮인 친하나. 쌍궁에 깃발이 찢어질 듯 휘날린다.

"오시랍니다."

조심스럽게 첨환이 다가와 말했다. 그는 자신의 주인이 조관 싸움 이후 줄곧 안색이 좋지 않음을 걱정하고 있었다.

"혼마께서 돌아오셨는가?"

"그렇습니다."

마천육마 중 혼마 상묘운은 그들 사이에서 묘한 위치를 점한 사람이었다.

일신의 무공이나 세력으로 보자면 검마 황조나 마불 구르간, 혹은 목왕 적월과 견줄 수 없으나 마천의 진퇴를 결정하는 데 있어서는 그 세 사람보다도 더 강력한 발언권을 가지고 있었다.

그 이유는 천하제일의 책사라는 구천맹의 오죽노 혜간을 상대할 수 있는 거의 유일한 책사가 바로 혼마 상묘운이기 때문이었다.

혼마 상묘운은 적의 움직임을 살피러 눈보라를 뚫고 성 밖으로 나갔다 돌아온 것이다.

"가보세."

마궁 종고구가 걸음을 옮기며 말했다. 그러자 첨환이 급히 물었다.

"여쭐 것이 있습니다."

"무엇인가?"

보통의 경우 이런 질문을 던지는 첨환이 아니었으므로 종고구가 걸음을 멈추고 첨환을 본다.

"조관에서부터 안색이 좋지 않으신 것이… 무슨 일이 있으신지요?"

"음… 아닐세."

종고구가 고개를 저었다.

"알겠습니다. 그렇다면 다행입니다."

첨환이 이내 수긍한다. 그러자 그런 첨환을 바라보다 종고구가 한숨을 쉬며 말했다.

"자넨 참 어쩔 수 없는 사람이군."

"……?"

"무슨 일이 있다는 걸 알면서도 두 번 묻지 않으니 말일세."

"주군께서 침묵하시는 데는 나름대로 이유가 있겠지요."

"후후. 역시 내겐 자네들뿐이야. 가면서 말해주지."

종고구가 오랜만에 웃음을 흘리며 걸음을 옮겼다.

"그 말씀은 제삼의 세력이 존재한다는 것입니까?"

"내 느낌은 그렇다네."

첨환의 물음에 종고구가 대답했다.

"그러나 구천맹의 눈과 마천의 눈이라면 천하에 숨을 곳이 없습니다."

"그렇기는 하네만. 하긴 정말 그의 말처럼 지나가던 유객이 었을 수도 있지. 하지만 그 무공이……."

"주군께서 긴장하셔야 할 정도입니까?"

"만약 기습을 당했다면 필패네."

"그렇게까지……."

첨환이 믿을 수 없다는 표정을 짓는다.

종고구는 지금 조관의 싸움에서 마주쳤던 궁비영에 대해 이 야기하고 있었다. 그날 이후 계속해서 궁비영의 존재가 그의 신경을 거스르고 있었다.

"아니, 어쩌면 더 강할지도 모르지."

"정말 무서운 자였군요."

첨환은 그의 주인이 하는 말에 한 치의 과장도 없다는 것을 깨달았다.

"만약 그가 어느 세력에 속한 자라면 무림의 판도에 큰 영향 을 줄 수 있을 것이네."

"하지만 그럴 만한 세력이 있을까요?"

첨환이 고개를 갸웃하며 물었다.

"오직 한 군데 그럴 만한 곳이 있기는 한데……."

"그런 곳이 있습니까?"

첨환이 급히 되물었다.

"자네도 아는 곳일세."

"제가 말입니까?"

"그래."

"그곳이 어딘지요?"

첨환이 호기심을 참지 못하고 되물었다.

"유령문!"

종고구가 나직하게 말했다. 순간 얼핏 첨환의 얼굴에 살기가 스치고 지나간다. 그러다가 이내 고개를 젓는다.

"그들은 구천맹의 배신으로 마곡산에서 전멸당하지 않았습니까?"

"살아남은 자가 아예 없을까?"

종고구가 물었다.

"물론 생존자가 있을 수도 있습니다. 하지만 겨우 몇몇으로 천하의 판세에 영향을 미칠 수는 없을 겁니다."

"그렇기는 하지."

종고구가 고개를 끄떡였다.

그사이 그들은 마천육마가 모여 있는 건물에 도착했다.

건물을 지키던 마천의 무사들이 마궁을 발견하고는 허리를 굽혀 인사를 한다. 그들에게 마궁 종고구는 입조차 열 수 없는 존재다.

"이곳에서 기다리겠습니다."

첨환이 문을 열고 들어가는 종고구를 보며 말했다. 마천육마의 회합에는 그들 이외에 그 누구도 동석할 수 없었다.

"그러게. 그런데 말이야. 첨환!"

"예, 주군!"

"그들이 비록 몰락했다고 해도, 그 불길 속에서 살아남은 자라면… 적어도 우리 중 누구 하나의 목숨쯤은 앗아갈 수 있지 않을까?"

"그건……"

"그것만 해도 커다란 변수라네."

그 말을 끝으로 종고구가 문 안으로 사라졌다. 그러자 첨환이 곰곰이 생각에 잠겼다가 고개를 끄떡였다.

"그렇군. 정말 큰 변수군."

종고구가 방으로 들어서자 다섯 명의 시선이 일제히 그를 향했다. 종고구 역시 화려한 방에서 그를 기다리고 있던 다섯 사람을 주욱 둘러보았다.

이들이야말로 천변을 이겨내고 오늘날 마천을 다시 세운 마천육마다. 하나같이 독특한 기운을 흘리는 인물들. 강호에 나가면 천하인들이 감히 눈 맞추기를 두려워하는 존재들이다.

"어서 오시오, 마궁!"

종고구에게 먼저 말을 건넨 것은 역시 혼마 상묘운이다. 그만이 유일하게 장내의 이 이질적인 인물들을 데리고 대화를 나눌 수 있다. 그가 아니라면 이런 회합 같은 것은 거의 불가능할 터였다.

"무사히 다녀오셨구려."

종고구가 자신을 위해 비어 있는 의자에 앉으며 혼마 상묘운의 인사에 대꾸했다.

"폭설이 길을 거칠게 하지만 사람들의 눈에 띄지 않으니 유리한 면도 있소이다."

"그렇구려. 그래, 바깥 사정은 어떻더이까?"

종고구가 물었다.

"마침 지금 그 이야기를 하려던 참이었소이다."

아직 성 밖으로 나갔던 일에 대해선 이야기를 시작하지 않은 모양이었다.

"물러갈 것 같소? 아니면 공격을 준비하는 것 같소?"

입을 연 사람은 목왕 적월이다. 사천에서 큰 그림을 그리던 그는 오죽노의 계책에 말려 사천의 본거지를 거의 잃은 상태였다.

물론 이후 마천은 유령문의 보이지 않는 도움으로 구천맹 구파의 본거지를 공격함으로써 사천에서의 패배를 만회했지만 그럼에도 불구하고 목왕 적월의 세력은 크게 약화되어 있었다.

자연히 오죽노에 대한 적개심은 장내의 육마 중 적월이 가장 강렬했다.

"아무래도 물러날 준비를 하는 것 같더이다."

상묘운이 말했다.

"그렇소이까? 이상하군. 수하들의 말을 들으면 저들의 진영에 어떤 변화도 없었다고 하던데……."

적월이 고개를 갸웃한다.

혼마 상묘운이 적진을 살피러 나갔지만 육마 각자는 자신들의 수하들로 하여금 나름대로의 소식을 전해 받고 있었던 것이다. 이런 사실만 보아도 마천의 약점이 여실히 드러난다. 함께 모여 있지만 각기 다른 행보를 하는 육마인 것이다.

"그건 겉으로 보기에만 그렇소."

상묘운이 말했다.

"내 아이들이 잘못 보았다는 말이오?"

"그렇소."

"음… 자세히 듣고 싶구려."

다른 사람이었다면 적월의 기분이 상했을 수도 있지만 상묘운이라면 적월 역시 그의 눈을 믿을 수밖에 없었다.

"사실 적들의 진영은 텅 비어 있소. 단지 그들이 막사와 깃발을 거두지 않고 허장성세를 펴 우리의 눈을 속이고 있는 것이오."

"그게 정말이오?"

침묵을 지키던 육마 중 독아 구가겸이 물었다.

독아 구가겸은 마천육마 중 가장 살기가 강한 인물로 알려져 있었다. 정파에서 그를 평하기를 그는 목적을 위해 사람을 죽이는 것이 아니라 사람 죽이는 것 자체가 인생의 즐거움인 사람이라 말할 정도로 그의 살행은 유명했다.

"그렇소. 이미 칠 할이 진영을 떠난 것 같소이다. 폭설이 그들에게 한 가지 유리함과 한 가지 불리함을 동시에 준 것 같소."

"길이 끊겨 식량이 떨어졌고, 사람의 눈을 가려줘 후퇴하기 수월하게 해줬다는 말이구려."

마궁 종고구가 말했다.

"역시 마궁이시오. 바로 보셨소이다."

혼마 상묘운이 빙그레 웃으며 말했다. 본래 혼마와 마궁 종고구는 예전부터 제법 친분이 두터운 사이였다.

"그들이 어디로 간 것 같소이까?"

독아 구가겸이 물었다.

"지금은 기련포에 있는 것 같소."

"기련포라면⋯ 물길을 따라 보급품을 받을 수 있는 곳이군."

"그렇소이다."

"그럼 더 이상 물자의 곤란은 겪지 않겠구려."

독아 구가겸이 아쉬운 표정으로 물었다.

"당장은 그럴 것이오. 그러나 만약 누군가가 뱃길을 막는다면 달라질 것이오."

"뱃길을 이용했다면 필시 봉황문이 움직였을 텐데 우리 중 누가 뱃길을 막는단 말이오?"

목왕 적월이 고개를 저으며 말했다. 그러자 혼마 상묘운이 미소를 지으며 대답했다.

"방법이 아주 없는 것도 아니오. 사실 그들이 기련포로 물러난 것은 목양 주변의 포구 중 유일하게 그곳만이 우리 마천의 손에 떨어지지 않았기 때문이오. 우리가 기련포를 놓아둔 것은 수로가 좁고, 물길이 험해서 크게 쓸모가 없는 곳이기 때문이었소."

"그런 곳이라면 수로가 좁아지는 곳을 찾아 육지에서두 공격할 수가 있겠구려."

마궁 종고구가 말했다.

"맞소이다. 충분히 가능한 일이오. 특히나 마궁께서 나서주신다면……."

혼마 상묘운이 빙그레 미소를 지으며 말했다. 그러자 종고구가 신중한 표정으로 대답했다.

"내가 나서는 것은 어렵지 않소. 그러나 그전에 목양에서의 우리 행보를 결정해야 할 것이오. 의미 없는 싸움은 할 필요가 없소."

"맞소이다. 지금이야말로 마천의 진퇴를 다시 한 번 진지하게 논의해야 할 때이긴 하오. 이제 마천의 운을 시험해 볼 때인 것 같소."

상묘운이 육마를 돌아보며 말했다.

그러자 마불 구르간이 말했다.

"이미 결정된 일 아니오? 목양을 기점으로 구천맹을 공략해 나가는 것, 지난번 육마의 회합에서 모두 동의한 것 아니오?"

그러자 마궁이 신중한 표정으로 물었다.

"마불께선 저들과 정면으로 부딪쳤을 때 본 천에 몇 할의 승산이 있다고 보시오?"

"지금으로썬 오 할 전후일 거요."

"그건 우리 사정을 넉넉하게 보아줄 때의 이야기요. 솔직히 우리의 전력은 저들의 사 할 정도일 뿐이오. 이 상황에서 전면전은 승산이 없소."

"그래서 물러나자는 말이오? 천산으로?"

마불이 못마땅한 표정으로 물었다.

"그도 나쁘지 않은 선택이라 생각하오. 마천의 뿌리는 깊소. 십여 년만 힘을 길러도 능히 저들을 상대할 수 있을 거요."

"그때… 우리의 나이가 몇이오?"

마불이 퉁명스레 물었다.

"당대에 부족하면 후대를 위해 물러서는 것도 나쁜 일이 아니오."

"후후후. 우리 마천이 언제부터 후대를 생각했소? 당대의 승부는 당대에 내야 하는 것이오. 난 뒤를 이을 후사도 없고… 지금 물러날 생각은 없소."

마불 구르간이 단호하게 말했다.

"그럼 불리한 싸움을 계속해야 한단 말이오?"

마궁이 따지듯 물었다. 그러자 그때까지 침묵을 지키고 있던 검마 황조가 낮은 목소리로 입을 열었다.

"나도 마불의 의견에 동의하오. 지금은… 싸워야 할 때요."

"검마!"

마궁이 놀란 표정으로 검마 황조를 바라봤다.

검마 황조는 마천육마 사이에서도 특히 중요한 인물이다. 무공으로 보자면 육마 중 제일이라는 것을 은연중에 다른 육마들도 인정하고 있는 검마다.

더군다나 천번 이진 마천의 시대에 천주의 자리에 오를 사람 중 한 명으로 거론된 인물이기도 했다.

천변을 막지 못한 잘못으로 육마 중 한 명으로 만족하고 있지만 언제라도 천주의 자리에 도전할 수 있는 자가 검마 황조였다.

"물러나는 것은 내일을 기약하자는 것인데… 마인에게 내일은 없소. 오늘 타오르고 때가 아니면 사그라들 뿐…….."

"검마께서 그리 감정적인 분인 줄 몰랐소이다."

마궁이 실망한 표정으로 말했다.

"세력이란 것은 믿을 게 못 되오. 천변 이후 지리멸렬했던 우리 마천이 처음 사천에서 강호에 재출도할 때 구천맹에 비해 삼 할의 세력도 갖추지 못하고 있었소. 그런데 지금은 어떻소? 적어도 사 할의 전세는 갖춘 것 아니오?"

"……?"

무슨 말을 하려는 것이냐는 듯 마궁 종고구가 검마 황조를 침묵으로 바라본다.

"전력이란 것은 싸우면서 변한다는 말을 하고 싶은 거요. 만약 이 목양에서의 싸움을 승리로 이끌 수만 있다면 아마도 그때는 우리의 힘이 구천맹을 능가할 것이오. 시류를 아는 자들이 찾아들 테니 말이오."

"검마의 말씀이 옳소. 세력이란 강물과 같은 것이라 흐름을 타면 순식간에 불어날 것이오."

마불 구르간이 기다렸다는 듯이 검마 황조의 말에 동조한다. 그러자 목왕 적월도 입을 열었다.

"나 역시 검마의 말씀에 동의하오. 우리에게 시간이 많지 않음을 요즘 들어 피부로 느끼겠구려. 우린… 늙어가고 있소."

그러자 독아 구가겸이 살소를 지으며 말했다.

"난 유불리 따윈 상관없소. 정파 놈들의 피 맛을 볼 수 있다면 불구덩이라도 들어가겠소."

독아 구가겸의 의견까지 나온 이상 이미 대세는 결정되었다. 마궁과 혼마 둘만의 의견으로 뒤로 물러나자고는 할 수 없었다.

"후… 모두의 의견이 그러하다면 어쩔 수 없구려. 좋소. 기련포에 이르는 뱃길은 내가 막아보겠소."

종고구가 그 말을 끝으로 몸을 뒤로 물렸다. 더 이상의 말을 하고 싶지 않은 모양이었다.

육마의 논쟁을 지켜보고 있던 혼마 상묘운이 나직한 웃음을 흘리며 입을 열었다.

"후후후. 조금씩 다른 생각을 할 수는 있지만 일단 공격을 하자는 쪽으로 의견이 모아진 것 같구려. 그럼 계속 그에 대한 계획을 이야기해 보리다."

상묘운의 말에 육마의 시선이 그에게로 모였다.

"아마도 오죽노는 두 가지 경우를 생각하고 있을 것이오.

폭설이 멈추고 날이 갠 이후에도 우리가 목양성에 머물며 수성전을 하는 경우와 성을 나가 그들을 공격하는 경우 말이오. 만약 공격을 한다면 그는 함정을 팔 거요. 월곡에서처럼 말이오."

월곡은 마천의 마두들에겐 생각하고 싶지 않은 기억이다. 월곡투의 그날 밤으로 인해 마천의 시대가 종말을 맞이하지 않았던가.

"대책은 무엇이오? 함정을 파고 기다린다면?"

검마 황조가 물었다.

"특별한 계책이 필요한 것은 아니오. 단지 시간을 우리 편으로 만들면 되오."

상묘운이 대답했다.

"시간이라… 지금 나가자는 말이오?"

"그들은 아마도 우리가 눈보라를 뚫고 기습할 거라고는 생각지 않을 거요. 일차적으로는 허장성세의 계책을 믿고 있을 것이고 말이오. 우린 마궁께서 저들의 수로를 끊는 것과 동시에 기련포가 아니라 그들이 남겨두고 간 자들을 섬멸하도록 합시다."

"가지를 먼저 친다?"

마불 구르간이 흥미로운 듯 되뇌었다.

"그렇소이다. 수로가 끊기고, 가지가 잘리면 저들은 필시 동요하게 될 것이오. 그때 기련포로 갑시다."

"함정은 어찌하겠소?"

마궁이 물었다.

"지금부터 찾아야지 않겠소?"

"찾지 못하면 어찌 되는 거요?"

"월곡투를 생각하면 필시 오죽노는 기련포에서 일부러 패해 함정을 판 곳으로 후퇴하려 할 것이오. 그럼 우린 먼저 그 퇴로를 봉쇄합시다. 그러면 함정을 파고 기다리던 자들이 외려 기련포로 오지 않을 수 없을 것이오."

상묘운이 확신하듯 말했다. 그러자 다른 사람들은 내심 상묘운의 계책에 만족한 듯 고개를 끄덕이는데 여전히 마궁 종고구만은 의문을 드러냈다.

"퇴로를 모두 막는 것은 저들에게 사즉생의 전의를 일으킬 수 있소. 그리되면 승리해도 얻는 것이 적을 수 있소이다."

종고구의 말에 상묘운이 즉시 동의한다.

"맞소이다. 우리 쪽 피해도 만만치 않을 것이오. 그러나 대가도 달콤할 것이오. 비산문주와 자부문주를 잡을 수 있을 것이고… 무엇보다도 그자! 오죽노를 잡을 수만 있다면 말이오!"

"음! 오죽노라!"

"그렇지. 그자라면야……."

육마가 제각기 고개를 끄떡인다. 그러자 상묘운이 다시 입을 열었다.

"우리에게 두려운 것은 오죽노가 구룡대산에 들어앉아 자신의 한 근 머리로 구파를 움직여 우리와 싸우게 하는 것이오.

그럴 경우 세력이 못 미치는 우리는 결국 물러설 수밖에 없을 것이오. 그런데… 그자가 무슨 생각인지 이곳 목양에 왔소. 이런 기회는 다시 오기 힘들 것이오. 사실 이런 경우 무슨 희생을 치르더라도 그자를 제압하는 것이 이득이오. 그자만 제압한다면야……."

"구천맹을 두려워할 이유도 없겠지. 천변은 모두 그자의 머리에서 시작된 것이었으니."

황조가 중얼거렸다. 그러자 지금까지 구천맹을 공격하는 것에 소극적이었던 마궁 종고구가 말했다.

"좋소이다. 오죽노가 목표라면 이 싸움은 해볼 만한 것 같소. 그자가 노출되기만 한다면……."

종고구가 슬쩍 허리춤의 전통에 담긴 철시를 매만졌다. 그의 철시가 오죽노를 겨눌 수만 있다면 그는 반드시 오죽노를 죽일 자신이 있었다.

"마궁의 솜씨를 볼 수 있기를 기대하오."

검마 황조가 웃으며 말했다.

*　　　*　　　*

"알 수가 없군요."

귀보전이 곤욕스런 표정으로 고개를 저었다.

"유령사들은 어디까지 접근했습니까?"

궁비영이 물었다.

"제룡가를 쫓는 형제들이 성과가 없어 지금은 위험을 무릅쓰고 오죽노의 거처 주변까지 접근했습니다."

"음… 그가 만든 함정을 알아내지 못한다면 결국 마천은 이 싸움으로 패망하고 말 겁니다."

"잘 알고 있습니다."

귀보전이 고개를 끄떡였다. 그러자 궁비영이 잠시 생각에 잠겼다가 말했다.

"만약 모든 일이 그의 뜻대로 된다면, 그래서 마천이 이 한 번의 싸움으로 재기불능의 타격을 입는다면 유령문 역시 무사하지 못할 겁니다."

"그렇겠지요. 그가 천하의 모든 무인을 동원해 유령문을 멸살하려 할 테니까요."

귀보전이 심각한 표정으로 대답했다.

"최후의 순간이 오면… 제가 나서겠습니다."

"그게 무슨……?"

"그를 베겠다는 말입니다."

"정말이십니까?"

귀보전이 놀란 표정으로 물었다.

"그를 베면 많은 일이 일어나겠지요. 제가 살아 돌아올 수 있을지도 모르겠고, 또한 그가 죽는 순간 구천맹의 모든 맹도가 유령문을 쫓을 겁니다. 그러나 그럼에도 불구하고 그가 살아 있는 것보다는 덜 위험하겠지요. 애초의 계획대로 구천맹스스로 그를 버리게 하는 것이 가장 좋겠지만……."

"그렇게까지 유령문을 생각해 주시니 저로서는……."

귀보전이 감격한 표정을 짓는다. 귀보전은 궁비영이 유령문
의 계명흑성이지만 또한 온전한 유령문의 사람이라고는 생각하
지 않고 있었다.

"계명흑성이니까요. 이런 일을 위해 제가 필요했던 것 아닙
니까?"

"그… 그건……."

귀보전이 말꼬리를 흐린다. 그러자 궁비영이 웃으며 말했
다.

"괜찮습니다. 일단은 끝까지 노력해 봐야지요. 그가 어떤
덫을 만들었는지……."

"알겠습니다. 모든 유령사를 동원하겠습니다."

귀보전이 대답했다.

그런데 그때 눈보라를 뚫고 한 사내가 두 사람 앞에 나타났
다.

"동왕님을 뵈옵니다."

"무슨 일인가?"

"목양성에서 전갈이 왔습니다. 그들이 드디어 성을 나섰답
니다."

순간 귀보전의 표정이 변했다.

"응? 이 폭설 속에?"

"그렇습니다."

"기습인가?"

귀보전이 중얼거렸다. 그러자 궁비영이 말했다.

"마천 내에도 오죽노에 버금가는 책사가 있는 모양이군요. 아마 마천육마도 오죽노가 어떤 함정을 준비하리란 것을 알고 있는 모양입니다. 그래서 판을 흔드는 것 같습니다."

"시간을 당겨 써서 말이군요."

"그렇습니다."

"재밌군요. 이리되면 승패가⋯⋯."

"알 수 없는 노릇이지요."

"가볼까요?"

귀보전이 궁비영게 물었다. 그러자 궁비영이 천천히 고개를 끄떡였다.

다시 바람이 강해졌다. 한 치 앞을 내다보기 힘든 눈보라다. 하늘에서 내려오는 눈보다 바람이 땅에 쌓인 눈을 다시 하늘로 날려 올린 것이 더 많을 정도였다.

그 눈보라를 뚫고 그들이 움직였다.

숫자는 알 수 없었다. 이 눈보라 속에서 그들의 숫자를 확인하는 것은 불가능했다.

그저 거뭇하게 보이는 사람 그림자로 대충 숫자를 가늠하는 것이 전부였다.

"족히 일백은 되어 보입니다."

귀보전이 말했다.

"생각보다 적군요. 건곤일척의 승부를 노리는 거라면 성에 사람이 남아 있을 이유가 없지 않습니까?"

궁비영이 대답했다.

"그야 그렇지요. 목양성에 머물고 있는 마천의 마인 숫자가 족히 오백은 되리란 것이 세간의 평이었지요."

"다른 길로 움직인 자들이 있었을까요?"

"그럴지도 모르지요. 하지만 그렇다면 유령사들의 눈을 피하기 어려웠을 텐데……."

그런데 귀보전의 말이 채 끝나기도 전에 눈보라를 뚫고 유령사 한 명이 모습을 드러냈다.

"무슨 일인가?"

"저들이 성의 사대문을 모두 열었다고 합니다."

"응?"

귀보전이 되물었다.

"열린 문을 통해 전원이 성 밖으로 나온 것 같습니다."

"주도면밀하군."

귀보전이 중얼거렸다.

"그런데… 그중 일부가 강을 따라 배를 타고 움직였답니다. 보이기로는 마궁 종고구가 무리를 이끌고 있는 것 같다고 합니다."

"마궁 종고구가? 그가 다른 길을 택했다면… 기련포를 고립시킬 생각이군."

"생각보다 큰 그림을 그리는 것 같군요."

궁비영이 말했다.

"그런 것 같습니다. 이 기회에 완전히 오죽노를 제거할 생각인 모양입니다."

그때 목양성을 떠나온 일백여 명의 마인이 궁비영과 귀보전이 숨어 있는 숲 앞에 멈춰 섰다. 하나같이 서릿발 같은 살기를 드러내는 자들이다. 그들의 맨 앞에 궁비영의 눈에 익은 자가 보인다.

"마불 구르간이군요."

구르간 같은 사람은 잊을 수가 없다. 그의 기세, 그의 강렬한 안광, 그리고 그 살기까지.

"그 옆에 있는 자를 아십니까?"

귀보전은 마불 구르간보다 오히려 한 자루 장검을 손에 든 마르고 날카로운 인상의 노인에 더 관심이 가는 모양이었다.

"누굽니까?"

"그가 바로 검마 황조입니다."

"아! 바로 그로군요."

궁비영도 검마 황조에게 관심을 보였다. 검마 황조라면 마천육마 중에서도 특별한 위치를 점하고 있는 자이니 당연한 일이다.

"오랜만에 보니 그도 많이 늙었군요."

귀보전이 감회 어린 목소리로 말했다.

"아무튼 이곳에 남은 자들이 안됐군요."

"그러게 말입니다. 오죽노의 계책은 항상 이렇게 애꿎은 희생을 강요하지요."

그때 검마 황조가 눈보라 속에서 검을 들어 올렸다. 그리고 그 검으로 구천맹의 진영을 가리켰다.

　　검마의 신호에 마천의 일백 마인이 눈보라를 뚫고 바람처럼 달리기 시작했다.

　　그날 그렇게 눈보라 속에서 목양의 큰 싸움이 시작됐다.

『검은 별』 7권에 계속…

네르가시아 장편 소설
FUSION FANTASTIC STORY

THE MODERN
MAGICAL
SCHOLAR

현대 마도학자

나르서스 제국의 전쟁영웅이자
마나코어를 개발한 천재 마도학자 카미엘!

그러나 제국의 부흥을 위한 재물이 되어
숙청당하는데…….

『현대 마도학자』

죽음 끝에 주어진 또 다른 삶.
그러나 그에게 남겨진 것은 작은 고물상이 전부였다.

**더 이상의 밑은 없다!
마도학자의 현대 성공기가 시작된다!**

Book Publishing CHUNGEORAM

절정고수들이 하늘 높은 줄 모르고 질주하는 현 세상.
서른여덟 개의 세력이 서로를 견제하는 혼돈의 시대.

그 일촉즉발의 무림 속에
첫 발을 디딘 어린 소년.

"나는 네가 점창의 별이 되기를 원한다."

사부와의 약속을 지키고
난세로 빠져드는 천하를 구하기 위해
작은 손이 검을 들었다!

박선우 新무협 판타지 소설 FANTASTIC ORIENTAL HE

풍운사일

내일을 향해 쏴라

김형석 장편 소설

FUSION FANTASTIC STORY

1만 시간의 법칙!
'성공은 1만 시간의 노력이 만든다' 는 뜻이다.

그러나…
사회복지학과 복학생 수.
전공 실습으로 나간 호스피스 병동에서
미지와 조우하다.

1만 시간의 법칙?
아니, 1분의 법칙!

전무후무한 능력이 수에게 강림하다!
맨주먹 하나로 시작한 수의
인생역전이 시작된다!

Book Publishing CHUNGEORAM

데일리 히어로

FUSION FANTASTIC STORY

인기영 장편 소설

지금까지 이런 영웅은 없었다!

『데일리 히어로』

꿈과 이상을 가진 평.범.한. 고딩 유지웅.
하지만……
현실은 '빵 셔틀' 일 뿐.

그러던 어느 날, 유지웅의 앞에 나타난 고양이.
그(?)로 인해 모든 것이 바뀌었다.

선행! 선행! 그리고 또 선행!

데일리 히어로 유지웅의 선행 쌓기 프로젝트!

Book Publishing CHUNGEORAM

유행이 아닌 자유추구
WWW.chungeoram.com

북검전기

우각 新무협 판타지 소설

2014년의 대미를 장식할, 작가 우각의 신작!

『십전제』, 『환영무인』, 『파멸왕』…
그리고,

『북검전기』

무협, 그 극한의 재미를 돌파했다.

북천문의 마지막 후예, 진무원.
무너진 하늘 아래 홀로 서고, 거친 바람 아래 몸을 숨겼다.

살기 위해! 철저히 자신을 숨기고
약하기에! 잃을 수밖에 없었다.

심장이 두근거리는 강렬한 무(武)!
그 걷잡을 수 없는 마력이,
북검의 손 아래 펼쳐진다!

Book Publishing CHUNGEORAM

유행이 아닌 자유추구 -
WWW.chungeoram.com

The Record of Dragon's Return

재중
귀환록

푸른 하늘 장편 소설
FUSION FANTASTIC STORY

『현중 귀환록』, 『바벨의 탑』의
푸른 하늘 신작!
이계를 평정한 위대한 영웅이 돌아왔다!

어느 날 갑자기 찾아온 부모님의 죽음.
그리고 여동생과의 생이별.
모든 것을 감당하기에 재중은 너무 어렸다.
삶에 지쳐 모든 것을 포기할 때, 이계에서 찾아온 유혹.

"여동생을 찾을 힘을 주겠어요.
…대신 나를 도와주세요."

자랑스러운 오빠가 되기 위해!
행복한 삶을 위해!

위대한 영웅의
평범한(?) 현대 적응이 시작된다!

Book Publishing CHUNGEORAM

 유행이 아닌 자유추구 -
WWW. chungeoram.com

용마검전
FANTASY FRONTIER SPIRIT
김재한 판타지 장편 소설

「폭염의 용제」, 「성운을 먹는 자」의 작가 김재한!
또다시 새로운 신화를 완성하다!

『용마검전』

사악한 용마족의 왕 아테인을 쓰러뜨리고
용마전쟁을 끝낸 용사 아젤!

그러나 그 대가로 받은 것은 죽음에 이르는 저주.
아젤은 저주를 풀기 위해 기나긴 잠에 빠져든다.

그로부터 220년 후……

긴 잠에서 깨어난 아젤이 본 것은
인간과 용마족이 더불어 살아가는 새로운 세상이었다.

Book Publishing CHUNGEORAM

유행이 아닌 자유추구 -
WWW.chungeoram.com

한량 아버지를 뒷바라지하며
호시탐탐 가출을 꿈꾸던 궁외수.

어린 시절 이어진 인연은
그를 세상 밖으로 이끄는데……

"내가 정혼녀 하나 못 지킬 것처럼 보여?"

글자조차 모르는 까막눈이지만,
하늘이 내린 재능과 악마의 심장은
전 무림이 그를 주목하게 한다.

"이 시간 이후 당신에겐 위협 따윈 없는 거요."

무림에 무서운 놈이 나타났다!